U0036326

華青

炮灰要向上

角色設定

炮灰要向上
角色設定
深啡髮
黑瞳
陸世勳
長劍
腰带

魔豆

魔豆

炮灰要向上
vol.1
穿越變成丞相千金
香草——著

炮灰要向上 vol.1

目錄

第一章・鏡靈空間

這是一個變化萬千、光怪陸離的空間，前一秒還是浩瀚的宇宙，觸目所見都是漫天眩目的星辰。然而下一秒就變成繽紛燦爛的花田，各種各色的蝴蝶在花間飛舞，空氣中傳來陣陣令人心曠神怡的馨香。

在這仙境般的空間中，一名絕色美人正在花田中悠遊著。她有著一頭長長的黑色鬈髮，容貌美麗絕倫；深邃的紫眸略帶灰藍的冷光，炯炯有神，滿是堅毅。

美人不僅氣質高雅又長得美，身材還很好，更有著令不少男性絕望的身高。要是她穿高跟鞋，便能妥妥高出不少男性一顆頭。

至於這個神奇的地方則是由鏡靈靈力形成的空間。同時亦是這位黑髮美人——堇青，穿越至不同小世界的中轉站。

無論怎樣的環境，只要是堇青所想像的，空間便能替她呈現出來。

身處合乎心意的環境，是一件令人身心舒暢的事。因此每次堇青的靈魂在工作完畢後會先在此處休息一下，亦從扮演多年的角色中脫離，待精神放鬆後才會投入下一個小世界繼續旅程。

雖然對童星出身，後來還成為最年輕影后的堇青來說，脫離角色這種事理應難不倒她。然而自從與名為「萬華鏡」的修真界法寶綁定之後，她演的每一齣戲如同經歷了一遍眞實的人生。

在小世界中，只要走錯一步便會陷入萬劫不復，其中所花費的心力與感情的投入可不是普通演戲可比。投入度高了，脫離自然就有些困難。

堇青原名堇帶娣，出生在重男輕女的家庭。如果說她的弟弟是父母的寶貝，那她便是不受歡迎的賠錢貨。

幸好堇青從小便是個美人胚子，尤其一雙眼睛顏色與眾不同，紫中帶點灰藍，像清澈的堇青石般美麗。正因這出色的外貌，她被家人推出來當童星賺錢。這對小堇青來說是不幸，但也是幸運。被那對重男輕女的貪婪夫婦捏在手中當搖錢樹，也總好過被他們賣到一些不堪的地方去。

天然的紫色眼眸非常罕見，堇青也不清楚為何家人眼睛的顏色與常人無異，偏偏她卻有著紫眸。不過聽說外祖母是個中歐混血兒，說不定是遺傳的緣故吧？

拜這雙美麗的紫色眼睛與姣好的外貌所賜，堇青剛出道便吸引了一大群爸媽粉。因爲那帶著灰藍的紫眸像極了堇青石，那些爸媽粉便衝著她「堇青、堇青」地喊，於是她的藝名便就這麼定下來了。

長大後，堇青還要供養遊手好閒的弟弟，被吸血鬼般的家人搞得煩不勝煩，最終決定與家人決裂。堇青覺得「帶娣」這個名字無時無刻不提醒著她過去被重男輕女的家人所苛刻的日子，乾脆將本名也改成了堇青。

原本堇青總算是熬出頭來，應該會有著光輝的前景，可惜卻年紀輕輕因故去世了。外界只以爲她是死於交通意外，可是堇青卻知道那輛卡車是故意撞向她的。就是不知到底是誰，竟然恨她恨得要她死。

人死如燈滅，堇青即使有再多的不甘也只能含恨而終，然而在她死去的瞬間，靈魂卻與一個來自修眞界的法寶萬華鏡綁定。

根據萬華鏡化身的鏡靈解釋，它來自一個修眞世界，爲了逃離覬覦它的修士的追捕而穿梭於各個世界，可最終還是受到了破壞。逼不得已下，只得與遇上的凡人，也就是堇青的靈魂綁定。

鏡靈擁有穿越時間與空間的能力，雖然現在因破損而力量大減，但讓一個凡人的靈魂進行穿越還是辦得到。

於是鏡靈便與堇青的靈魂綁定，並提出一個雙方都能獲利的方案：它協助堇青穿越至不同的小世界，並讓時間回溯至堇青穿越的身體原主死去之前。

所謂的小世界，是小說、電影、電視劇等衍生出來，由凡人創造的世界。小世界的法則並不完善，正好給予萬華鏡與堇青鑽空子的機會。只要堇青取代原主活出不一樣的人生、改變原主死亡的命運，正所謂牽一髮而動全身，一個人的改變同時也會影響到千千萬萬人的命運，到時小世界的天道軌跡自然隨之受到影響。

簡單來說，便是天道會有一瞬間死機然後重新運轉，在天道產生混亂的瞬間，他們便能偷取部分天道的力量。堇青能夠藉此滋潤魂魄，萬華鏡亦能修復創傷。鏡靈更允諾，只要收集到足夠的天道之力，它便能夠讓堇青回到地球復活。

雖然在地球的短暫人生算不上很快樂，然而堇青仍然想回去。她要把那個害死自己的人抓出來，一想到她的人生被那人害得就這麼突然中斷，凶手卻安安穩穩地活著，甚至還可能從中獲利，堇青便感到意難平。

因爲從小不受父母重視，還被視爲賺錢的工具，堇青性格非常獨立堅強，在娛樂圈這吃人不吐骨的環境中簡直練就成銅皮鐵骨。而且她深明人善被人欺的道理，誰害她一分她還以三分，絕對是個有仇必報的狠角色。

堇青站在花海中享受地輕閉雙目，一頭鬈曲長髮隨著微風而飄蕩，精緻美麗的容顏是上帝最得意的傑作。當少女緩緩睜開一雙眼睛時，頓時讓盛放的花朵也爲之失色。

堇青一雙翦水秋瞳在地球被喻爲世上最美麗的眼眸，除了那雙標誌性的紫色眼睛外，還因眼神顧盼流轉間波光瀲灩，彷彿會說話一般，帶著說不出的風情。無論誰被這雙多情的紫眸凝望著，都會恨不得溺斃在那紫色海洋裡。

「青青，歡迎回來！」伴隨著孩子的嗓音響起，一個白色毛團從花田中竄出，落入堇青的懷抱。

這白毛團看起來是隻圓胖的可愛小動物，然而卻又不是地球上已知的動物品種。它有著貓咪的耳朵、兔子的尾巴，一雙金綠色的眼睛又大又萌。毛團短小的四肢幾乎被毛茸茸的雪白毛髮所遮蓋，讓它看起來就像沒有四肢的毛球。

當毛團撲進堇青懷中的同時，它的外表也產生了變化，變出了老鼠的耳朵與狗的尾巴，又圓又大的眼睛也成了湛藍色，並歡快地搖起狗尾巴。

毛團正是萬華鏡化身的鏡靈，這只是它在鏡靈空間中幻化出來的分身，因此能隨意變換外形，還以此爲樂。

堇青揉了揉鏡靈的毛髮，手感一如記憶中地好：「我回來了，團子。」

「團子」是堇青爲鏡靈取的名字，根據鏡靈所說，身爲靈器的它才剛生出神智不久，因此在堇青眼中，簡直就是個小嬰兒。性格也是軟萌軟萌的，明明可以隨心所欲地幻化外表，卻獨愛可愛的動物造型。

堇青對於鏡靈這萌萌噠的單純性情一點都不嫌棄，甚至還非常喜歡。她是個很獨立、甚至還有些強勢的人，要是綁定的搭檔事事插手、試圖掌控，堇青可不會像現在這般與對方相處愉快。

團子眷戀地蹭了蹭堇青，在堇青前往各方小世界時，團子便一直獨自留在鏡靈空間裡，免不了感到寂寞：「青青，妳須要再休息一會兒嗎？」

堇青拍了拍懷中的團子，道：「不用了，直接出發吧！」

靈魂脫離了小世界回到鏡靈空間後，自然不會有任何肉體上的疲憊，之所以須要休息主要是情感與精神的需求。尤其這裡隨堇青的心意而變幻，想怎樣便怎樣，絕對是個能放鬆心情、盡情玩樂的好地方。

然而堇青卻從未在鏡靈空間停留太久，不是覺得這地方不好，而是這裡實在太美好、太隨心所欲了。要是長期停留在此，難免會對眞實的世界感到落差。

堇青可不想像那些網癮青年那樣，變得分不清楚虛假與現實，沉迷在虛幻世界中無法自拔。因此每次回到鏡靈空間稍作休息後，她便會立即投身到新的世界去。

團子顯然已很習慣堇青的勤奮，聽到她的話後便留戀地再次蹭了蹭堇青，隨即躍離她的懷抱：「好的，那我把青青傳送到小世界去囉。青青加油！」

由於本體受創，團子無法挑選進入的世界，因此每次堇青旅程的目的地都是隨機的。

天道是世上最強大的力量，也決定了世間萬物的生死。然而萬華鏡卻能夠避開天道的感知把靈魂偷龍轉鳳，可見它的力量有多強大，也難怪會被人覬覦。

堇青雖然想要復活、回到地球，好把仇人抓出來撕個稀爛，但她做人還是有底線的，並不想當個害死原主的奪舍惡鬼。團子現在雖然無法選定世界，可卻能鎖定早逝靈魂。因此堇青每次穿越附體的都是在小世界活不下去、年紀輕輕便失去性命的人。

團子一向很好說話，也沒有限制堇青穿越後要照著原主的性格過活。然而對於熱愛演戲的堇青來說，她簡直將每次穿越視爲演技的挑戰，以演繹出原主的性格，不被親友發現換了芯子爲己任。穿越後的失憶梗雖然好用，但對堇青來說還是演活原主更加有趣。

因爲挑的都是些倒楣鬼，因此一開始穿越過去時大都過得很苦，不過卻也方便堇青的運作。畢竟讓原主命運偏離的幅度愈大，所能獲取的天道之力便愈多。要是她穿越到一個福壽雙全的人身上，那麼要改變原主的命運軌跡……豈不是要故意活得慘澹收場嗎？

堇青完全不想看別人臉色做人，也絕對忍受不了鬱悶地過活！

愈活愈鬱悶，怎麼比得上雖然一開始當個悲苦的炮灰，但可以積極上進，把身邊不懷好意之人啪啪啪打臉的人生來得痛快呢？

因此堇青對每次穿越初期的苦悶生活都是甘之如飴，然而這次接收完原主的記憶後，她卻懵了。

因爲這次她的身分，是有婚約在身的！

所以，她很快便要嫁人了？

而且是古代的盲婚啞嫁！

前幾次的穿越，堇青都沒在小世界中與任何人發展出感情，每次完成任務便會立即選擇脫離世界。也不是她看不起小世界的人，只是遇不上喜歡的，即使追求者再有權有勢，她也不願意屈就。

可現在，她才剛穿越便是待嫁之身，而且明天便要出嫁了！

根據原主的記憶，她是堇家的二小姐，父親爲當朝丞相，位高權重；家裡有一個哥哥、一個妹妹，都是一母同胞的嫡親兄妹。父親與母親感情甚篤，家裡雖然還有兩名姨娘，但都是父親成親前所納的通房丫鬟，沒有生下任何庶子庶女，在家裡是如同隱形人般的存在。在權富之家來說，堇家的後宅算是非常乾淨了。

原本有著這種家庭背景，原主理應能生活得不錯，偏偏她卻頻頻找死，把一手好牌打得稀爛，最終搞得自己淒慘無比，落得眾叛親離的下場。

堇青穿越時以名字爲媒介，原主的名字自然與堇青一樣。原主因爲體弱須要靜養，從小便搬到堇家名下的一處別院居住。別院所處氣候四季如春，長期備有各種名貴藥材，還有一口對堇青身體有好處的溫泉。從這些可以看出，雖然無法與原主生活在一起，可是堇家對這名病弱的嫡長女還是非常看重與愛護。

後來堇父無意間救了一名神醫，神醫爲了報恩便到別院爲原主治病。正所謂久病成醫，原主本對於各種藥理都有所了解，更被神醫發現她在學醫上有著驚人的天賦。

神醫起了愛才之心，便教導原主醫術，離開時還留下一枚珍貴的丹藥給原主，算是圓了師徒的情分，隨後便飄然遠去。

原主的病治好後回到了堇家，家裡人對她的回歸都非常欣喜。然而當原主在後花園碰上因上京赴考而借住堇家的表哥洛天行後，卻是對他一見鍾情。

偏偏原主有婚約在身，從小與鎮國將軍府的少主陸世勳訂了親，現在她身體已經康復，理應與繼承了父業、成爲鎮國將軍的陸世勳完婚才對。

只是原主心裡卻只有她的表哥洛天行，實在再容不下他人。於是她在成親前夕與洛天行私奔，卻被妹妹堇瑤發現而事敗。

原主被逼與陸世勳成親，陸世勳卻在拜堂時遭到混在賓客中的蠻族刺殺，不僅受重傷還中了毒。因爲心裡對陸家有怨恨，原主隱瞞了自己出色的醫術及那枚神醫贈送的丹藥，眼睜睜看著陸世勳傷重不治。

原本這樣也就罷了，結果原主當了寡婦卻不安於室，繼續與洛天行勾勾搭搭。後來洛天行患病，原主治好了他，卻被人抓到現行，不單出軌一事被發現，她明明身懷出色醫術，還擁有一枚能救命的丹藥，當年卻故意任由陸世勳重傷而死的事情也曝光了。

這件事一出，原主自然無法在陸家生活下去，又沒有顏面回娘家。原主滿懷希望去投靠洛天行，然而她豁出一切救回的洛天行卻與她撇清關係，絕情地將她趕走。

原主名聲盡毀，最終投河自盡。

堇青來到這個世界的時間點，正是出嫁的前一晚。她覺得要改變原主的命運其實並不難，只要她與洛天行斷了聯繫、甘心出嫁，原主名聲盡毀的下場便已扭轉了大半。

然而光是這樣並不足夠，無論是原主的娘家堇家，還是她將嫁入的鎮國將軍府，都是皇室嫡系、也就是皇后所出的太子的支持者。可從原主的記憶來看，陸世勳去世後不久，太子也因意外死去，支持太子的丞相府與鎮國將軍府亦在新皇上位後被打壓失勢。

即使堇青安分守己地當個賢妻良母，可是只要太子一死，無論是她夫家還是娘家，勢必討不了好，到時她還能置身事外嗎？

當然，這些對堇青來說可以之後再打算，她還有更急迫的事得處理。

原主已經與洛天行約定了今晚私奔，現在堇青先要解決掉洛天行這個恩將仇報、誤原主一生的渣男。

無論往後的路要怎麼走，私奔是絕對不可以的！

而且堇青也想藉此機會，來試探一些事……

外面傳來了幾聲鳥鳴，現在已是晚上，一般這時雀鳥都回巢休息了，叫聲的出現實在頗爲突兀。

堇青嘴角勾起嘲諷的笑容，她知道這聲鳥鳴是洛天行的暗號，告知原主他已在院子外面，隨時準備接應她離開。

雖然收到約定的暗號，然而堇青彷若未聞。她逕自取過桌面的銅鏡觀察這個身體，並且調整臉部表情。

古代銅鏡映照出來的影像模糊，可堇青有著原主的記憶，大致了解自己現在長成什麼模樣。

這身體正值花樣年華的十六歲，因爲長期體弱而略微纖瘦，但出身高貴，自有一股優雅又楚楚動人的美態。

原主長相秀美，有著一張清秀的瓜子臉，然而當堇青佔據這具身體後，原本小巧精緻的五官有了變化，主要是那雙帶著怯懦的雙眸彷彿重新注入神采，令原本尋常的眼眸變得波光瀲灩，眼波流轉間勾魂奪魄。

堇青擅長演戲，即使不說台詞，光是運用眼神便已能表達出千言萬語。又因爲性格獨立、心志堅定，眼神中自有一股凜然之氣，沖散了原主本有的病弱感。

而最重要的一點，原主本來的棕眸變成了紫色，就像堇青把她原本的眼眸直接帶著穿越過來一樣！

對此狀況堇青並不陌生，不知爲何，每次她穿越時雖然長相隨了原主，然而眼睛卻必會變化爲屬於自己的紫眸。只是這個小世界的原居民卻無法看出不同，對他們來說，堇青的眸色一如以往，沒有改變。

決心藉著穿越來磨練演技的堇青，可不會讓神態與原主大相逕庭而惹人懷疑。她對著銅鏡變換著各種表情，適應並調整著這張臉上的神態，隨即閉上了雙目，整理著原主留下來的各種資訊與記憶。當她再次張開眼睛後，整個人氣勢一變，頓時成爲一個滿身溫婉氣質的嬌弱美人。

檢視了番自己的成果，堇青點了點頭表示滿意。

很好，這很白蓮花！

也許有空的時候可以到後花園去葬葬花，好好悲秋傷春一番？

就在菫青思考著自己要不要去學學林妹妹之際，被原主特意使開的侍女倚秋與冬菱步伐匆匆地進入房間。她們看到自家主子好好地待在房裡時，不約而同地鬆了口氣。

倚秋與冬菱都是與菫家簽了賣身契的奴婢，兩人從小被賣進菫家，安排到菫青身邊侍候，三人雖是主僕關係，卻情同姊妹。

原主與洛天行的感情兩名侍女也是知道的，雖然私奔一事原主一直隱瞞著她們，只是菫青本就不是擅長說謊的性子，還是讓侍女們看出了端倪。

在原主的命運中，她與洛天行私奔後兩名侍女都受到菫家的責難，被發賣了出去。雖然原主不知道兩名侍女最終命運如何，可是犯了大錯被發賣的家僕，下場必定好不到哪去。

菫青實在一點都不同情原主的淒慘下場，很多事情其實都是她自找的。不過想到原主因體弱而長期遠離親人生活，又覺得她會變得這麼怯懦、沒安全感，死死抓住所謂眞愛的偏執卻是情有可原。

只能感嘆，可憐的人必有可恨之處。

「妳們怎麼了？一副冒冒失失的樣子成何體統。」堇青裝作不知侍女們的擔憂，雖然是責罵的話語，然而出自堇青口中卻是溫婉得很，帶著一絲小兒女的嬌嗔。

兩名侍女見狀愣了愣，覺得自家小姐雖然仍是那副柔柔弱弱的模樣，然而精氣神卻似乎變得很好，即使說話溫和，卻自有一種讓人信服的感覺。

就在此時，窗外再次傳來幾聲鳥鳴。

倚秋與冬菱對望了一眼，眼中俱是了然。

她們都猜到這鳥叫大概又是洛天行那見不得人的招數了，兩人對這明知道小姐有婚約在身，卻依然不要臉地誘惑她的表少爺一點好感也沒有。

也許洛天行選擇與堇青在一起，是有眞心喜歡對方的成分在，可侍女們覺得對方之所以無視世俗也想拿捏住小姐，其中更多是看重堇家的權勢。

堇丞相出身名門，堇夫人卻是個家世一般的平民女子，幸運地與外出遊歷的堇丞相一見鍾情，最終成爲他的妻子。

洛家的家境其實並不算好，不然洛天行也不用在上京赴考時借住在丞相府了。對兩名侍女來說，洛天行與二小姐在一起絕對是高攀。何況他明知堇青已有婚約仍藉故親近，這可不是什麼情難自禁，對方根本是個誘拐無知少女的登徒浪子！

堇青不知道眼前兩名乖巧道歉的侍女，心裡正在吐槽著洛天行的惡行。此時她正利用意念與團子交談：「我都待了這麼久沒出去了，那個渣男還在外面賴著不走？」

因爲靈魂與鏡靈連結，因此堇青只要心念一動，隨時都能與團子對話。雖然團子在小世界中無法直接現身給予幫助，可是好好運用它的上帝視角，對堇青來說仍有極大的幫助。

堇青的疑問剛浮現，便聽到團子在她腦中嘻嘻笑地說道：「那個洛天行還在外面等著呢！今天不把妳帶走，他便再也沒有機會了，那傢伙自然不肯輕易離開。」

原主。」

堇青在心裡「呵呵」笑了聲：「他喜歡的話便在外面待著吧！我可不是天眞的

明明手裡拿著一手好牌，偏偏落得這麼淒慘的下場，堇青也是服了。

在後花園巧合相遇？一見鍾情？

這世上哪有那麼多巧合？哪有如此輕易一見便鍾情？

傻孩子，這滿滿的都是套路啊！

她可不會那麼蠢，錯把套路當情深！

第二章・陷害

冬菱性格較爲活潑外向，見堇青聽到鳥鳴後完全不爲所動，忍不住頻頻打量對方，結果卻與堇青的視線撞上，冬菱只覺自家小姐那雙秋水翦瞳彷彿凝聚著千言萬語，一時心頭怦怦亂跳，竟是捨不得移開視線。

以前小姐的眼神這麼有魅力嗎？

簡直就像是有魔力似的！

堇青似笑非笑地托著腮幫子凝視著冬菱，想看看這丫頭到底什麼時候才能回過神來。一旁的倚秋看著冬菱失態的模樣萬分心焦，然而卻又不便出聲阻止，只得在旁無奈地旁觀著自家小姐的惡趣味。

此時有下人前來通傳：「二小姐，三小姐在外面求見。」

聽到下人的通傳，看著自家小姐入迷的冬菱瞬間清醒。雖然有點尷尬，不過這丫頭一向有些大剌剌的，見堇青沒有責備，很快便將注意力轉移到院子外求見的三小姐身上：「欸？都這麼晚了，三小姐是有什麼事嗎？」

堇府三兄妹是一母同胎的親兄妹，彼此之間又沒有利益衝突，感情自然不錯。

雖然堇青因爲體弱，與家人較少來往，彼此難免比較疏離，可自從她病癒回家，堇家人都經常到她住的院子裡串門子，既想與她多多親近，同時也向堇家下人表示出對這位久居別院的二小姐的重視。

身爲堇府唯二的女兒，堇瑤過來探望堇青的次數是最多的，只是這次的時間點實在有些奇怪。

堇青在心裡詢問：「團子，洛天行還在外面嗎？」

團子歡快的聲音頓時傳來：「還在啊！他都快熱成狗啦。」

正值炎夏，即使是晚上還是頗爲悶熱。堇青聽到團子的話，微不可見地勾起嘴角，隨即在抬首時迅速變換了表情，一臉猶豫不定地說道：「倚秋，妳幫我出去見一見妹妹，妳告訴她……」

一旁的冬菱聽著堇青交代倚秋的話，整個人都懵了。

堇青交代了倚秋一番，低垂眼簾，一臉傷心地輕聲說道：「也許是我想多了，只是妹妹她這段時間一直在說表哥的好話，我總覺得她……倚秋，我剛回主宅不久，在這裡能夠信任的人不多。妳與冬菱跟我一起長大，我只能拜託妳們了。」

冬菱只覺得堇青的交代莫名其妙，可倚秋卻想得比冬菱多，聽過堇青的話後，她的表情頓時嚴肅起來：「請小姐放心，我會把事情做好。」

此時被下人領進院子的堇瑤並沒有喝茶水，而是打量著院子的四周。沒有讓她等太久，倚秋便神色慌張地步出。

堇瑤眼中精光一閃，問：「倚秋，姊姊呢？」

倚秋極力保持鎮定，只是那略帶顫抖的嗓音出賣了她：「小……小姐她說有些睏，已、已經休息了。」

堇瑤一臉不信：「姊姊明天便出嫁了，一會兒還有上頭的儀式呢，怎會這麼早便睡著了？」

倚秋都要被堇瑤問得快哭了：「是真的！小姐只是小睡一會兒，待到儀式的時辰便會醒來……」

堇瑤質問：「難道姊姊身體又不適了嗎？不行，我要去看看她！」說罷便要往堇青的房間裡闖。

此時外邊傳來幾聲突兀的鳥鳴，倚秋臉色頓時變得煞白，欲蓋彌彰地說道：「呃，剛剛只是鳥叫聲……小姐已經歇下了，三小姐妳不能進去。」

看到倚秋遮遮掩掩的模樣，堇瑤哪還待得住，她過來堇青的院子本就有著目的，現在聽到外面傳來奇怪的鳥叫聲，再加上倚秋心虛的反應，堇瑤心裡閃過一個念頭，也不再往堇青的房間裡闖了，而是捨下倚秋轉身往外跑，正好遇上過來爲堇青上頭的堇夫人等人。

「瑤兒，妳怎麼會在這裡，還冒冒失失的？」堇夫人差點便被堇瑤撞到，有些責怪地說道。

堇瑤見到堇夫人，心裡竊喜，臉上卻是驚慌失措，大喊：「娘親，不好了！二姊姊與表哥私奔跑掉啦！」

堇夫人神色一變：「什麼!?」

從後追來的倚秋聞言，不禁生氣地說道：「三小姐，請妳別胡說！奴婢已經告訴妳二小姐正在房間裡休息了，妳怎能這麼誣衊二小姐？」

看著氣急敗壞的倚秋，堇瑤壓下差點勾起的嘴角，大聲反駁道：「妳別騙我了，我知道二姊姊一直喜歡洛表哥！」

堇夫人萬分不願相信自家女兒竟然會做出與人私奔這等醜事，然而堇瑤說得肯定，而且她回想起來也覺得堇青對洛天行似乎有些與眾不同，還經常向他們打聽洛天行的事。

那時他們以爲堇青只是對這個借住家裡的表哥感到好奇，可現在經堇瑤提醒，那時二女兒不正一副情竇初開的小兒女姿態嗎？

堇夫人因突然出現的變故而方寸大亂，一旁深得夫人信賴的陳嬷嬷當機立斷地提議：「夫人，無論事情是眞是假，我們先把院子封起來吧。」

堇夫人點頭：「那就封了吧！」

這件事自有下人處理，堇夫人立即踏入院子，邊走邊詢問倚秋：「妳說二小姐還在睡？」

倚秋正要答話，卻見她們談論的當事人堇青，正從房間步出，看到堇夫人後微微一笑：「娘親。」

確定堇青剛剛還待在房裡，並未如堇瑤所說般與洛天行私奔，堇夫人鬆了口氣，隨即又想起倚秋說堇青剛剛正在睡覺，連忙上前：「青兒，妳感覺怎樣？須要傳大夫過來嗎？」

「我沒事，只是剛才有些睏而已，讓娘親擔心了。」堇青搖了搖頭，隨即目光掃過眾人，定在堇瑤身上：「聽冬菱說妹妹在找我，已經等了一些時候，是有什麼事嗎？而且……剛剛我好像聽到妹妹妳在呼喊著什麼……」

堇青一提，堇夫人立即想起堇瑤剛剛造成的騷動，正要詢問三女兒，便見幾名下人押著洛天行走進來。

堇瑤本被堇夫人探究的眼神看得心驚萬分，此時見洛天行果真鬼鬼祟祟地出現在堇青的院子裡，立即嚷道：「洛表哥果然躲在這裡！二姊妳怎能這麼做？妳明天便要與鎮國將軍成親了，要是眞一走了之，有想過我們丞相府的立場會變得如何艱難嗎？」

雖然堇青不如她預期地與洛天行一起被抓個現行，可是洛天行出現在這裡依舊給了堇瑤底氣。

堇青懦弱又天真，此時必定方寸大亂。這人為了所謂的眞愛能將家族棄之如敝屣，迷戀洛天行迷戀得不得了，人贓俱獲後說不定還會跪下懇求娘親放她和情郎離開呢！

堇青聽到堇瑤的質問，一臉無法置信地搖了搖頭，泫然欲泣地說道：「我身體才剛恢復不久有些渴睡，剛剛一直在房間裡休息，跟表哥有什麼關係？妹妹妳怎能這麼誣衊我？」

堇瑤聞言愣了愣，很意外堇青這個愛情勝於一切的傢伙竟會否認與洛天行的關係。見堇夫人的目光愈發不善，堇瑤頓覺不妙，不明白明明愛表哥愛得死去活來的堇青，怎麼突然清醒起來。

菫瑤明白自己剛剛的做法已經引起娘親不滿，就怕誣衊姊姊的罪名眞的會按在自己頭上，不禁有些慌了：「我、我才沒有誣衊妳！表哥不就在這裡嗎？」

菫青嘆息了聲，有些頭痛地揉了揉太陽穴，嬌弱的模樣實在我見猶憐，說：「我也不知道表哥爲什麼會在這裡，只是三妹……妳爲什麼一口咬定我要與表哥私奔？我眞的要私奔的話，會什麼東西都不準備嗎？三妹這麼大叫大嚷，難道不是故意要壞我名聲？」

說罷，不待臉色大變的菫瑤反駁，菫青掩臉哭泣道：「三妹，我不知道妳爲什麼這樣討厭我……可是、可是我明天都要出嫁了，之後大家相見的日子不會多，妳就不能多忍一天嗎？何況，當初還是妳說表哥借住在這裡很寂寞，叫我有空與表哥多走動的。」

菫瑤只覺得全身發寒，對方三言兩語便把她是故意誣衊一事蓋章，偏偏她卻拿不出有力證據反駁。雖然洛天行確實在菫青的院子裡被抓住，可是看菫青剛才一直待在房間，連包袱也沒有收拾的模樣，怎麼說都不像要私奔。

一旁的洛天行看到堇青駁回了堇瑤的指責，忐忑不安的心這才安定下來。

對洛天行來說，誘拐堇青雖然可能會同時得罪丞相府與鎮國將軍府，可是只要堇青認準了他以死相逼，以堇丞相重感情的性子一定下不了狠手。因爲堇青從小體弱，堇丞相一直覺得自己最虧欠這個女兒，洛天行相信堇丞相最終會妥協。

當米已成炊，堇丞相還能怎麼辦？只要堇丞相不忍心逼死堇青，最終只能認了他們的關係，到時自己豈不是能成爲丞相的女婿？

至於鎮國將軍那邊……丞相府不是還有個三小姐嗎？到時讓堇瑤嫁過去就好了。

可惜洛天行心裡的算盤打得劈啪作響，卻在私奔這個重要關頭被人抓個正著，他超怕堇青會不管不顧地認了他們的關係。畢竟他們這時的關係尚未確實，只要把在場的人封了口，堇青照舊能嫁去鎮國將軍府，可他這個無權無勢、誘使對方私奔的人，卻一定討不了好。

幸好少女沒有他以爲的那麼蠢，雖然素來對他迷戀不已的堇青，那撇清雙方關係的模樣令他的大男人心態感到有些不快，可他很清楚現在最重要的，是解除誘拐堇青的嫌疑，不然他以後都不用在京城混了。

「我是無意間聽到下人談及青兒表妹身體不適，這才前來探望。這麼晚前來的確有些失禮，可是我們是親戚，院子裡又有這麼多下人在，我認爲並沒有大礙，想不到卻惹來瑤兒表妹的誤會了。」洛天行頓了頓，又補充：「要是我眞如瑤兒表妹所說，要與青兒表妹……我總不會包袱也不拿吧？」

話是這麼說，洛天行心裡卻慶幸著自己有先見之明，爲免私奔時出狀況，他早已在外找好了落腳的地方，行裝都整理好，打算與堇青離開丞相府後先在那裡避一避風頭。要是他拿著包袱被人抓住，還眞是有數張嘴也說不清楚。

堇瑤還想要反駁，堇夫人卻發話了：「好了，既然只是一場誤會，那就散了吧。」

說罷，堇夫人心疼地牽著二女兒的手：「青兒也快些回房間坐下，既然渴睡，我們把晚上的儀式處理好之後，妳快些歇下休息才是。」

堇青看了看心有不甘的堇瑤，隨即露出一副強忍委屈的模樣，面帶淚痕乖巧地點頭，委屈又難過的樣子看得堇夫人心疼萬分。

這一天堇青扭轉了「私奔」這個在原主命運中一個重要的轉捩點。雖然嫁入鎮國將軍府後還不知是好是壞，但至少她已把棋盤弄亂，重開一局，擺脫原主留下來的麻煩了。

因為心裡有事，再加上擔心二女兒身體受不得累，原本打算完成儀式後留下來與女兒多說些體己話的堇夫人並沒有留下，而是叮囑女兒多休息後便離開了。

堇夫人回到房間並屏退了其他下人，只留陳嬤嬤侍奉在側，這才問出一直在心裡的疑問：「陳嬤嬤，今天的事妳怎麼看？」

陳嬤嬤是堇夫人從娘家帶來的心腹，在她未嫁之前便一直侍候著。雙方雖為主僕，情分卻非比尋常。陳嬤嬤也沒有讓堇夫人失望，對於這一晚發生的鬧劇她沒有避重就輕，毫不忌諱地說道：「我本以爲三小姐只是從小被嬌慣了比較任性，現在看來，似乎須要好好教導一番了。」

陳嬤嬤這番話，無疑是對堇瑤今晚的表現下了定論。其實堇夫人又何嘗看不出堇瑤在故意針對堇青？她只是對此心存僥倖而已。

堇夫人難以置信地說道：「瑤兒爲什麼要這樣做呢？這麼做對她來說有什麼好處？」

如果堇瑤只是爲洛天行與堇青牽線，堇夫人還可以想著對方是不是想取代姊姊嫁去將軍府，因而處心積慮地讓堇青出走，好爲她騰位子。

然而堇瑤卻直接把事情嚷出來，那時堇青即使已經離開也走得不遠，抓回來頂多毀了堇青與洛天行兩人，堇瑤根本無法從中得利。

她這樣算計自己的姊妹，到底是圖什麼？

陳嬤嬤這次的回答沒有那麼決斷了，猶豫半晌後回答：「也許因爲二小姐回來後獲得大家太多的注意，三小姐認爲自己被忽略了吧？」

「就只是因爲這樣？」菫夫人聞言睜大雙目，然而她千想萬想，也的確只想到這個可能性。

菫青被送至別院多年，最近才治好身體回到丞相府。再加上她性格靦腆，與家人的互動不算多，更別說與菫瑤結怨。

原本以爲只是有些小任性的菫瑤，竟因爲嫉妒便要毀了親姊姊？菫夫人突然覺得自己有些不認識這個小女兒了。

只是無論這次對菫瑤有多失望，她終究還是自己的女兒，菫夫人總捨不得對她怎麼樣。可洛天行就不同了，他今晚出現在菫青的院子裡，怎麼想都覺得事情不尋常，再想到菫青提過，菫瑤多次提議讓兩人多相處……

菫夫人當機立斷地說道：「丞相府似乎不適合天行待了，在京城的產業中，找一棟房子讓天行搬去住吧。」

在堇夫人與陳嬤嬤商議著要把洛天行搬離丞相府時，堇青也與侍女們在討論著今晚的事。

「實在令人難以置信！三小姐爲什麼要害小姐呢？」冬菱不傻，今晚堇瑤的表現太明顯了，她自然能看出對方的眞面目。

倚秋也後怕地慶幸：「幸好小姐應對得宜，不然今晚的事只怕不能善了。要是有風言風語傳到將軍府，小姐嫁過去後生活會有多艱難呀。」

「幸好小姐聰明，讓倚秋裝模作樣地試探三小姐一番，不然誰知道三小姐竟然懷著這樣的壞心呢？」冬菱說罷，便向自家小姐投以閃亮亮的仰慕眼神。

堇青也在心裡爲自己的機智點讚。接收原主上輩子的記憶時，堇青一開始也以爲原主之所以落得這麼個淒慘的境況，全是她自己找死造成，可後來卻敏銳地意識到，這些事情背後也許有著人爲的引導。

主要是堇瑤多次爲原主與洛天行牽線，以及她阻止兩人私奔時大叫大嚷的表現令堇青生疑。

尤其後者，要是她眞心為了原主好，便應該像堇夫人那樣把院子封起來，將事情的影響減到最低。而不是像剛剛那樣，深怕別人不知道似地鬧大事情。

堇青不知道堇瑤為什麼要針對原主，不過想到對方將來會站在二皇子那邊把丞相府與將軍府當踏腳石，堇青便在心裡冷笑不已。

原本堇青還想著，堇瑤尚未對自己和丞相府做出任何不好的事，向她出手好像有些說不過去。趁著堇瑤與二皇子還未認識，不如想個方法盡快找戶好人家把她嫁出去。

可現在既然確定堇瑤早已對她心懷不軌，原主的悲劇也有對方故意引導的成分在，那麼堇青也就不用對她客氣了。

原主是自己犯蠢找死沒錯，可堇瑤卻也不無辜。單憑她往後會拿堇家當墊腳石向二皇子投誠的舉動，便註定這對姊妹只能是敵人。

既然如此，那就各憑本事，看看誰會笑到最後吧！

第三章・成親

「成親」兩個字，除了意味著兩人將一起進入人生的另一個階段，同時也意味著各式各樣的儀式。尤其達官貴人的婚禮代表兩個家族的結合，更是容不得絲毫馬虎。

幸好原主從小體弱，雖說病已經治好了，但眾人都怕她太受累會死翹翹，一不小心弄得紅事變白事就不好了，因此都不敢讓她過於勞累。

即使如此，堇青仍覺得古代的婚禮眞的好麻煩，不過想到一會兒還有場刺殺的好戲，便小小地期待了下。

拜天地時，堇青忍不住偏過頭好奇看向身旁的新郎，同時也是她未來的丈夫，陸世勳將軍，可惜隔著蓋頭只看到一片紅，不過單看身影，對方似乎滿高大的。

在原主的記憶中，她只見過陸世勳一面，而且是對方被蠻族所傷後重傷垂危、滿臉血污的模樣。因此堇青其實並不太清楚自己要嫁的人到底長什麼樣子，不過單衝著這身高，她還滿滿意的。想她以前在娛樂圈也是個身高滿分的長腿女神，有時爲了遷就同台男星，只得忍痛捨棄高跟鞋。堇青的擇偶標準中，對男性的身高特別重視。

在堇青看來，男人長得普通點無所謂，但長得比她矮的不能忍！

實在不怪堇青拜天地時還有閒暇胡思亂想，雖然遮住臉的蓋頭並不厚重，勉強能看到模糊的人影，然而卻不足以看到四周狀況。因此她也不敢亂動，只能像個扯線木偶般任由喜娘擺弄，在繁複的儀式中想些有的沒的來找找樂子。

雖然堇青知道陸世勳會在婚禮上遇襲，然而她卻沒向對方做出任何警告。並非堇青不想救他，或是想要避開嫁人的命運而故意隱瞞，實在是她無法說得清楚自己爲何會知道這件事，爲了避免對方不相信反惹來一身腥，堇青還是決定順其自然讓刺殺發生。

反正依照原主的記憶，陸世勳受傷後一時半刻也死不掉，到時她再把人救回來就好。

正好對方受傷後要休養好一段時間，那麼自然沒有餘力與她洞房啦，到時以繼承自原主的出色醫術，堇青覺得還是有與陸世勳談判的籌碼，要過得自在隨意，對她來說並不是件困難的事。

突然堇青感到一股大力把她推開，隨即便聽到賓客們發出驚恐的尖叫聲，心想：「來了！」

場面一片混亂，堇青此時也顧不得什麼了，一把扯掉了蓋頭。只見兩名僞裝成賓客的蠻族刺客已被陸世勳誅殺，陸世勳的腹部插著一把匕首，臉色發青地倒在地上。

因爲陸世勳穿得一身紅，堇青一時間弄不清楚除了腹部插著的匕首，他身上還有沒有其他傷勢。不過光看他不尋常的臉色，再加上原主的記憶，堇青知道即將要他的命的不是傷，而是毒！

堇青當機立斷地呼喊：「他中毒了！我的手上有祛毒丹，先讓他吃上一顆！」

說罷，她不待旁人反應，迅速從貼身帶著的荷包中取出一枚丹藥餵給對方服下。

堇青餵給陸世勳的並不是神醫留下的救命神藥，而是另一種能解百毒的祛毒丹。得知陸世勳是中毒而亡之後，堇青便準備了這丹藥隨身帶著。

雖然祛毒丹也非常珍貴難得，卻遠遠比不上神醫送的神藥。要是祛毒丹能解掉陸世勳的毒，那堇青自然不想浪費手中的唯一一枚神藥。

見陸世勳詭異的臉色在吃下丹藥後迅速恢復，只餘下失血過多的蒼白，眾人皆鬆了口氣。陸老將軍與老夫人都對堇青露出感激的神情。

自從多年前陸老將軍在戰場上受了重傷、雙腿不良於行後，將軍府便由臨危受命繼承將軍之位、到蠻荒作戰的陸世勳獨力支撐著。因此除了情感上的理由，堇青救了陸世勳，可說等同於救了整個陸家。

出了這種事，婚禮自然無法進行下去，把陸世勳安排到新房後，堇青也顧不得男女有別，反正對方已是她名義上的丈夫，她直接脫了陸世勳的衣服爲他包紮，隨即還寫了藥方讓下人煎藥。

至於陸家人則忙著安撫賓客，並把眾人送離，同時不忘向賓客連連表示他們的歉意與招待不周。

看到將軍府出了事，賓客都擔心府內還有刺客尚未伏誅，也不敢在此久留，對受傷的新郎表示慰問後便匆匆離去。

好好的婚禮弄成這樣子還見了血，堇家人臉色也不好看。不過女兒都嫁了，認眞說來錯也不在陸家，因此他們也不能多說什麼，只是都覺得這件事實在委屈了自家女兒。

堇瑤看得心裡萬分快意，再想到陸世勳中的毒是蠻族特有的劇毒，京城的大夫根本不會解，更是忍不住露出痛快的笑意。

一旁堇仲衡看到妹妹幸災樂禍的神情時不禁一愣，隨即心裡頓生一陣怒火。昨晚堇青院子的鬧劇他也有所聽聞，當時還猜想會不會是有誤會，可現在見堇瑤快意的模樣，她似乎對堇青眞有著莫名的恨意。

但這只是一個轉瞬即逝的表情，堇仲衡總不能因此便出言怪責對方，只得壓下心中驚怒，同時更加心疼遇上這種倒楣事的堇青。

堇青可不知道有不少人正同情著她這才剛拜完堂，丈夫便受傷昏迷的倒楣鬼，此刻她正饒有趣味地打量著躺在床上的青年，同時也是她剛上任的丈夫陸世勳。

這是個一眼便讓人感到強大的軍人，即使陸世勳正昏迷不醒，卻依舊不會讓人覺得他羸弱。

清理乾淨陸世勳臉上的血污後，發現對方容貌竟頗爲俊朗，非常合她的眼緣。單以外貌而論，堇青覺得嫁給這個人倒是不虧。

堇青伸出手指戳了戳對方的臉頰，品頭論足地說道：「這張臉倒是長得挺不錯。」

團子建議：「反正你們都已經成了親，青青妳喜歡的話，別害羞，直接把人上了吧！」

雖然知道團子的年齡不知是自己的多少倍，然而聽著它用軟軟糯糯的幼童嗓音說出這番話，堇青仍有種「哪來的熊孩子，動不動就開黃腔」的感覺。

「我才不是這麼隨便的人呢！」堇青這番話並非無憑無據，在娛樂圈長得漂亮的男男女女多了，而且這圈子的人通常作風開放。尤其在外地拍戲時，大家長時間聚在人生地不熟的地方，很多時候炒著炒著CP便乾脆滾上床，有性無愛這種事在娛樂圈根本算不上什麼。

然而堇青在感情上頗有些小潔癖，也許是她入行太早，從小看多了這類事情，比起從單純的肉體關係中獲取快樂，她更希望找到兩情相悅的靈魂伴侶。

因此眼前這位陸大將軍看起來再「美味」，她也不會因婚約或美色而輕易獻身。

「不過這傢伙還眞的滿帥的……」受美色所誘，堇青忍不住再伸手戳了戳對方的臉頰。豈料原本昏迷不醒的青年突然睜開了雙目，堇青只覺得對方的眼神如劍刃般銳利，讓她心裡發寒。

此時床上的他就像頭受傷的猛獸，明明處於弱勢然而餘威尚在。堇青被盯著，竟有種自己隨時會被撕破喉嚨的感覺，頓時僵著身體不敢動彈。

陸世勳剛醒來便感到有人在戳自己的臉，張開雙目一看，便迎上少女有些受驚而睜大的一雙燦若星辰的雙眸。

那是雙流光溢彩的美麗眼睛，眨動間陸世勳竟彷彿看到少女的眸色變成了奇異的紫色，然而下一秒，卻又變回原本的棕色。

見少女與自己一樣穿著一身的紅，陸世勳立即便猜出她的身分，警戒的心情隨之放鬆，並且移開緊盯著少女的視線，看向那根依然戳著他臉頰的手指。

陸世勳：「……」

堇青：「……」

「你現在感覺怎樣？你身上的毒已經解了，就是傷得有點重。不過沒有傷及內臟，只要好好休養一番便好，不會有後遺症的。」堇青一臉關心地說道，並且若無其事地移開手指。

看著少女鎮定自若的表情，陸世勳幾乎以爲自己剛剛看到的是幻覺了。

雖然陸世勳不近女色、沒有三妻四妾，又因爲長期在邊關作戰，而且未婚妻一直在療養身體，因此誤了婚期，但可不代表他像和尚般清心寡慾，對自己的未婚妻他也是好奇的。

只是陸世勳曾經打聽過，堇青是個怯懦無趣的性子，還經常傷春悲秋、無病呻吟……聽這性情無論如何都與自己合不起來，因此他對這場婚事並沒有多少期待。

然而就剛剛他與堇青的一番對話，卻發現這姑娘雖然的確一副溫婉的模樣，但似乎不如傳聞般怯懦？

一個沒自信的嬌怯少女，會趁著新婚丈夫昏迷時伸手戳對方的臉嗎？陸世勳第一個不相信！

忍不住對眼前妻子生出了些許好奇，不過陸世勳沒有表現出來，依舊是一副冷冰冰的模樣。他倒是想看看眼前這欲言又止的少女，還會做出多少有趣的舉動：

「我已經沒事了。這毒……是妳替我解的？」

陸世勳知道府中的大夫雖然醫術不錯，可是並不擅長蠻人那些罕聞的毒。身爲中毒的當事人，陸世勳自然知道那毒發作時既凶且猛，要是待府中大夫了解毒性後才替他解，只怕他屍骨都寒了。

再想到他中毒後新房裡並未有大夫留下，只有新婚妻子在照顧他，陸世勳便有了這個大膽的猜測。

堇青低垂著眼簾，輕輕點了點頭：「是的，我從小身體便不好，藥吃多了便久病成醫。後來父親找到宋神醫爲我治病，他看我在醫術上很有天分便收我爲徒，教了我不少東西。」

陸世勳聞言忍不住訝異。他本以爲堇青略懂醫理，又幸運地對蠻族的毒有所了解，這才正好替他解了毒。可想不到這位新婚妻子比他想像中的更了不起，竟然不聲不響成了宋神醫的徒弟！

要知道憑宋神醫的卓越醫術，就連皇上也對他禮遇有加。堇青既能被他收爲徒弟，天賦必定不錯。戰場中有許多士兵都是受傷失救而死，要是她願意爲此出一分力……

心裡是這麼想，然而陸世勳卻並未對少女要求什麼，只是鄭重地對她救了自己性命一事作出感謝。

堇青對陸世勳的反應很滿意，要是這傢伙知道她的本領後立即對她頤指氣使，她便要想方法快些與他拆夥了。

如果陸世勳一直這麼識相，堇青也不介意與他一起過日子。畢竟在這個世界可由不得她任性，即使不嫁陸世勳她也總是要嫁人的。既然陸世勳的相貌很合她心意，彼此性格又合的話，堇青也就不折騰了。

至於會不會與陸世勳當眞的夫妻？這就要看陸世勳往後能不能打動她了。不然堇青有得是辦法在任務結束前，好好保住自己的清白。例如給陸世勳下點藥，讓他不舉又看不出端倪，這對堇青來說可是輕而易舉的事。

陸世勳看著堇青柔柔弱弱地向自己露出一個乖巧的微笑，他多年作戰養成的敏銳直覺不知爲何起了反應，覺得遍體生寒。

以致堇青表示他須要養傷，今天她就到外面去睡時，陸世勳也沒有多做挽留。直至少女離去後，那種充滿危險的感覺才消除。

陸世勳蹙起了眉頭，心裡疑惑不已。這個柔弱得他單手就能捏死的少女，竟然讓他感到了危險？

▲▲▲

第二天一早堇青醒來，身爲新媳婦的她要向公婆請安。

簡單妝扮好自己後，堇青來到了新房，看到自家夫君已經梳洗妥當。此刻他不再是初見時滿臉血污的模樣，也非新婚之夜那傷重後萎靡不振的樣子。休息了一晚後，陸世勳已經恢復大半精神，雖然有傷在身，然而這個自帶一股浩然正氣的挺拔青年，氣勢依舊如出鞘利刃般冰冷銳利。

堇青與陸世勳目光交接的瞬間，覺得自己被迷住了。愛美之心人皆有之，何況陸世勳無論長相還是氣質都非常出色。

除此以外，堇青再度爲自己的貞操擔心起來，一想到要與這位沒怎麼相處過的丈夫洞房她還是會慫呀！

本以爲陸世勳要休養一段時間，但對方的體質及抗擊力比她想像中還要好，今天竟然已能下床慢慢走動了，離圓房還會遠嗎？

……難道眞的要下藥，讓他的小弟弟萎一段時間？

陸世勳再一次從少女身上感受到危險的氣息，只是警戒之下卻又見她沒有任何異常，不禁萬分疑惑。

堇青親自扶著受了傷的陸世勳，夫妻二人懷著各自的心思來到大廳，此時老將軍及老夫人已經在等著他們。

對於這位救了兒子一命的新媳婦，兩老都非常感激，再加上婚禮出了這種事也覺得委屈了她，對堇青都是和顏悅色得很。

堇青看到陸家人口簡單，兩名老人也不像難相處的人，心裡不禁鬆了口氣，同時忍不住再次質疑原主是不是眼瞎了，這麼好的陸將軍不要，卻偏偏挑中一個什麼都比不上還無情無義的渣男，寧願與人私奔去尋求一個不安穩的未來，難道眞的愛情勝於一切嗎？

看看人家陸大將軍，要相貌有相貌，要權勢有權勢，家人還和睦好相處。洛天行大概就只有臉夠白、滿嘴甜言蜜語這兩個「優點」了。

一家人和和美美地吃了早飯，堇青便爲陸世勳把了把脈，發現這傢伙的身體素質實在卓越，解了毒後身體正迅速恢復中，只要好好調埋一下便沒有大礙。

只是陸世勳身爲將軍，曾多次出征荒蠻、有著多次實打實的戰績，身上難免有著各種舊患。雖然現在因爲年輕不影響身體，可到了老來卻會受罪。

堇青溫柔地說道：「你的身體有不少暗傷，也幸好發現得早，只要好好調養，便不會有礙。一會兒我開個方子，你按時服藥，再輔以藥浴與食療，這些問題便可以根治。」

說罷，堇青更提出要爲陸老將軍看看，再次獲得陸家人感激的目光。

相較於陸世勳，老將軍的情況便麻煩得多了。他的身體可說是千瘡百孔，尤其受過重傷的右腿更經常被劇痛折磨。當年老將軍也正因這腿傷，不得已才退下來讓年紀尚輕的陸世勳代替他出征。

先不提堇青已成爲陸家媳婦，光是老將軍守護國家大半輩子，老年卻受著這種苦，她也於心不忍。因此堇青苦苦思索對策，不求徹底治好老將軍，但至少盡量減輕他的痛苦、提升他的生活品質。

堇青道出她的想法，最後安慰道：「雖然我無法完全治好爹的腿，但會盡力調養好爹的身體。要是治療情況理想，讓爹行走時看起來與常人無異也是可能的。」

其實堇青對治好老將軍的跛足、讓他能像常人般走路有八成把握。只是她不會把事情說滿，免得治療不如理想時，他們希望愈高，失望愈大。

老將軍的腿已跛了幾年，不少名醫看過都表示對此無能爲力。老將軍本就不對自己的腿抱以期望，只是見兒媳婦一番孝心，也不好拒絕。誰知她觀察一番後卻說有辦法減輕他的痛楚，甚至還有機會讓他像常人一樣走路！

老將軍畢竟也曾是叱吒風雲的人物，因腿傷而變成了一個跛子，對他的打擊不可謂不大。

因保護國家而受的傷，老將軍對此無怨無悔。但能夠讓他像常人一般地生活，對老將軍來說不只是生活變得便利，更多是心靈上的救贖。

雖然心裡激動萬分，不過老將軍卻不想讓兒媳心裡有太大負擔，一副不經意的模樣大笑地說道：「那我就拜託青兒妳為我調理了，娶到妳做我家媳婦，必定是我陸家的祖墳冒青煙了。」

一旁的老夫人也連連點頭附和，這兒媳剛進門就救了兒子的性命，現在還勞心勞力地為丈夫與兒子調理身體。身為將門媳婦，她一直擔心丈夫與兒子會在戰場喪命，同時也擔憂他們會因舊患而痛苦。

雖然老將軍不想讓家人擔心，一直隱瞞自己經常腿疼，但有時痛得厲害，會忍不住在睡夢中呻吟出聲，老夫人身為枕邊人，又怎會無所察覺？只是見丈夫想要隱瞞，裝作不知道罷了，私底下可沒少找名醫來為老將軍診治。

陸世勳則是牽起堇青的手，簡短卻真誠地表達出謝意：「謝謝！」

第四章・謠言

「喔喔喔！陸將軍很行嘛！立即便牽起我家青青的小手了。」團子看好戲般驚呼連連，讓堇青溫柔嫻靜的面具裂了。

不過堇影后的演技是實打實地好，雖然被豬隊友刺激得瞬間出戲，可也只是表情有些微妙而已，迅速便換回正常表情，就連敏銳的老將軍也沒察覺異樣。

然而陸世勳一直暗暗打量著堇青，而且早在昨晚他發現堇青手賤戳他臉頰時，便已覺得這姑娘並不如她表現出來般柔弱。

因此堇青雖迅速掩飾了自己的異樣，仍是被陸世勳看出了端倪。

陸世勳總覺得這姑娘偶爾會給他一種違和感，似乎有著很多祕密。只是對方既然並未對陸家做出任何威脅的舉動，甚至嫁過來後還爲他們帶來不少好處，頻頻展現出她的善意，陸世勳也就並未多說什麼，而是決定繼續觀察。

不過衝著堇青救了他的命，還費心費力地爲他們父子倆調理身體的份上，只要不是犯了原則性的大錯誤，無論她有著怎樣的祕密，他都會對她好，盡力保她一世平安喜樂。

看到素來對感情很內斂的兒子主動牽上兒媳的手，老將軍與老夫人都交換了一個心照不宣的眼神。似乎不單只有他們很滿意這兒媳，陸世勳也是喜歡得很呢！

堇青一臉害羞地垂下眼簾，然而她骨子裡是來自二十一世紀的現代人，拍戲的時候別說拉手了，擁抱也是常有的事，自然不會只因爲被人拉拉小手就心頭小鹿亂撞。

她眼珠一轉，心裡生起惡作劇的心思，手指故意劃了劃陸世勳的掌心，卻見將軍大人依舊一副冷臉，若無其事地鬆開了兩人相握的手，完全沒有如她想像般地驚惶失措，不禁有點失望。

還以爲陸世勳這麼多年來不近女色，並不擅長與女生相處呢！難道他其實只是表面冷，骨子裡是個老司機？

此時，堇青留意到陸世勳的耳朵似乎……紅了？

咦咦咦！

所以他果然是害羞了？而且這反應也太萌了吧!?

陸世勳的體質有點特別，別人臉紅他卻會紅在耳朵。只是他的眼神素來凌厲，一身氣勢實在太有威懾力，再加上害羞時眼神反而會再冷上幾分。別人都不敢把視線往他身上放，自然也就不會察覺到將軍大人這有趣的反應。

要不是堇青觀察力強，加上陸世勳面對她這柔弱妻子時總會下意識地收斂氣勢，她不會發現到將軍大人這小萌點。

如果說一開始覺得陸大將軍的容貌很合自己眼緣，無時無刻散發男性費洛蒙的強健體魄也很吸睛，現在發現到他有著這萌萌噠的一面後，堇青覺得她多年來平靜的心湖開始有些蠢蠢欲動了。

「青兒，既然妳已成爲陸家的媳婦，那我便把中饋交給妳了。這是庫房的鑰匙，晚些讓管家給妳看看帳簿。雖然知道妳從小體弱須要靜養，可是家總要交給妳管的。別擔心，有什麼不懂的可以問，我也會從旁幫著妳。」看著兒媳與兒子眉來眼去的模樣，老夫人愈看愈是歡喜，笑咪咪地把管家權交給了堇青。

陪同堇青出嫁陸家、此時侍候在一旁的冬菱與倚秋都忍不住交換了個興奮的眼神。對已婚女子來說，能不能持家非常重要，這除了代表著手中有沒有管家的權力，也代表著夫家對她的接納。

身為堇青的陪嫁侍女，兩人命運已與她綁在一起，見自家主子這麼快便獲得管理中饋的權力，自然喜逐顏開。

堇青也有些意外，她本以為嫁到陸家，至少要被陸家人觀察一段時間才能獲得管家權。何況老夫人的身體還很硬朗，也許不會下放權力也說不定。想不到才嫁到陸家第一天，對方便把管理中饋的權力交付給她了。

她當然不會傻得把機會往外推，露出一個溫婉的笑容，感激地接過了老夫人交出的鑰匙。

▲▲▲

堇青在陸家展開新生活，還憑藉一身出色的醫術獲得陸家上下的好感。在堇家，菫瑤卻在打聽了陸家的近況後怒不可遏。

「妳說什麼？陸世勳沒有死？這怎麼可能！」

被菫瑤質問的人是她的貼身侍女春燕與念夏，兩名侍女不明白爲什麼明明是件值得高興的事，三小姐聽到會這麼生氣。

春燕戰戰兢兢地回答：「是的，聽說是二小姐把人救回來的。」

菫瑤一臉無法置信：「怎會？她病了那麼久也許會認識一些藥理，可是蠻族的毒連太醫也解不了，憑什麼菫青能夠解!?」

如果先前還只是懷疑，現在兩名侍女聽到菫瑤連名帶姓地稱呼二小姐，而且話裡話外都是一副見不得對方好的模樣，兩人便確定了菫瑤對菫青的態度，不禁驚訝萬分。

再想到前兩天菫瑤在菫青院子鬧出的鬧劇，兩人不免心驚肉跳起來，實在不明白二小姐從小住在別院，與三小姐不親但也沒有交惡，而且人都嫁出去了，三小姐到底爲什麼這麼厭惡對方？

她們不知道，此時堇家的嫡長子堇仲衡正站在堇瑤的房門外，把三人的對話一字不漏地聽進耳內。

堇仲衡沉默良久，最終沒有驚動堇瑤三人，改爲前往堇夫人的房間。

雖然堇仲衡很寵自己的妹妹，甚至因爲有著從小一起長大的情分，相較於堇青，他與堇瑤更親。但堇仲衡是個三觀正直的好青年，加上從小受著菁英教育，深知家族團結的重要性，並不會因爲感情好而偏袒堇瑤。

只是他一個男人，管教妹妹多有不便，於是便轉而將這事告知給堇夫人，讓母親大人頭痛去。

聽完堇仲衡的小報告後，堇夫人讓兒子先離去，隨即揉了揉發疼的太陽穴，苦惱著該拿那莫名其妙與自家姊姊對著幹的小女兒怎麼辦。

一旁的陳嬤嬤安慰道：「二小姐已經出嫁，她們二人相處的機會不多，我們再看看吧。」

堇夫人嘆了口氣：「還有兩天青兒便回門了，希望到時不要鬧出什麼亂子才好。」

▲▲▲

然而不出兩天後，堇青便惹上了麻煩。

京城中不知何時流傳著一個謠言，說相府的二小姐堇青是天煞孤星之命。故此，她小時候因受不住那過硬的命格而重病在身，然而身體康復後，卻變成身邊的人要倒楣了。

也幸好她康復不久便嫁到陸家，因此堇家並未出現災難。然而堇青成親那天卻剋得陸世勳差點喪命，這正好證實了她的命數！

眾人都傳言要是堇青繼續留在陸家，那麼陸將軍即使這次大難不死，下次也沒有這種好運氣了。

當年陸老將軍出戰受了傷，仍未及冠的陸世勳臨危受命前往戰場、將蠻族打得屁滾尿流一事，至今仍是讓人津津樂道，也讓民眾對陸世勳非常崇拜仰慕。

民眾愚昧也好煽動，聽到這謠言傳得有根有據都不禁急了。陸將軍可是他們國家的守護神，要是大將軍被堇家小姐害死了，那他們怎麼辦？

雖然相府勢大，平民百姓一時之間都不敢公開與相府對著幹，可是暗地裡大家都議論著讓陸府盡快找個由頭休了堇青才好。

謠言傳得人盡皆知，堇青自然也收到了風聲。冬菱與倚秋都快被氣死了，想不到自家小姐才剛嫁到陸家有個好開始，卻出了這種噁心的事。

急性子的冬菱提議：「夫人，我們一定要盡快闢謠，不能讓那些人繼續胡說八道下去！」

堇青卻搖了搖頭，道：「命數這種虛無縹緲的東西，實在是有理說不清。何況那些人既然先入為主覺得我是天煞孤星的命，即使我公開自己的生辰八字，旁人只會覺得是我心虛，畢竟生辰八字也可以是偽造的。」

聽到堇青的話，倚秋也急了：「那怎麼辦？難道任由他們繼續胡說八道嗎？」

菫青的心裡其實並不怎麼著急，當然她並非不重視名聲，在古代，女子的名聲是非常重要的。只是菫青心裡很清楚，這件事並不適合她或菫府出面，因此打算再等等，也好看看陸家的態度。

「我們做什麼都不適合，清者自清吧。」相較於侍女們的憤憤不平，身為當事人的菫青反而冷靜得很。她悠然自得地處理眼前的藥材，優雅嫻靜的模樣讓人感到歲月靜好，兩名侍女焦慮的心不禁平靜下來。

步入房間的陸世勳，正好看到了這美好的一幕。

在邊關多年，陸世勳身邊的人都是粗獷、行事大剌剌的士兵，當他探聽到自己將來的妻子是個膽小怯懦的姑娘時，一直不確定自己能不能與那麼精緻柔弱的人相處得好。

陸世勳很清楚自己是個很有威嚇力的人，就連那些跟著他的兵，偶爾還會因為他的一個眼神而心裡發憷。

那位堇家小姐這麼嬌弱，眞的不會被他嚇死嗎？

結果二人的相處卻比他想像中愉快得多，那位堇家小姐的確很柔弱，但卻絕不怯懦。而且那溫柔嫻靜的模樣，還意外吸引著他的視線。

堇青沒有發現陸世勳的到來，逕自在心裡爲自己的演技點讚：「看！這就是技巧了！原主的性格陰沉怯懦不討喜，但只要稍微改變一下表達的方式，把陰沉變爲嫻靜，怯懦變成溫柔，不就很惹人喜歡，又不會讓人覺得我性格大變察覺出不妥來嗎？人的性格有很多面，就看你展示出來的是哪一部分而已。」

一般來說，小世界的原居民並不會特別因爲一個人的性格稍微改變，從而想到了穿越這種虛無縹緲的事上。因此堇青只要巧妙地小幅度改變原主的性格，便能夠輕而易舉獲得別人的好感，同時又不會引起熟悉原主的人的懷疑。

此時團子弱弱說道：「青青，我覺得妳應該往右邊看看。」

堇青聞言愣了愣，隨即依言把視線投向了右邊，便看到她名義上的丈夫正目光炯炯地盯著她。

堇青突然覺得對方黑色的眸子彷彿浮現出野獸般的幽幽綠光，有種自己被猛獸盯上了的感覺。

這眞是一個……充滿侵略性的男人啊……

害她好想把人吃掉！

是另一種意義上的「吃」呢～～

堇青沒有避開陸世勳擇人而噬的目光，反而向他回以一個溫馨的微笑。

陸世勳深深看了堇青一眼，道：「別擔心，這件事我已經讓人處理了，絕不會讓妳受委屈。」顯然是聽到了堇青與侍女們的對話。

堇青就等著陸世勳的表態，這謠言處處針對著自己，最重要的不是那些無關緊要人的想法，而是陸家的態度。

不然陸家心裡有條刺在，往後只要陸家出現任何不幸，便會不由自主地將這事情按在堇青頭上。這才是堇青最擔心的事情，相比之下，外面那些閒言閒語便不那麼重要了。

只是堇青卻想不到陸世勳這麼有擔當，比她想像中更快出手，簡直男友力max呀！

被人護著的感覺實在不錯，堇青上前扶著傷尚未痊癒的陸世勳，眞誠地道謝：「讓你費心了，謝謝。」

陸世勳握著她的手，認眞地說道：「妳不用跟我道謝，身爲妳的丈夫，這是應該的。」

堇青：「……」

堇青覺得自己被丘比特射中了一箭似的。

這麼認眞的將軍大人好可愛呀！心頭小鹿亂撞呀怎麼辦!?

堇青的嘴角不自覺地勾了起來，露出一個眞心實意的笑容，把丈夫扶到床上讓他好好休息後，便開始查看管家交給她的帳簿。竟眞的依照陸世勳所言，不再理會那個針對她的惡意謠言了。

就在堇青理解著陸家大小事務，並且專心爲陸家父子調理身體之際，陸老夫人舉辦了一場聚會邀請京城的夫人們。

堇夫人也受到邀請，並帶著三女兒堇瑤出席。

堇瑤隨同堇夫人進入將軍府，看著眼前的一草一木，眼中浮現恍然的神情，然而很快地，追憶的眼神便變成決絕，甚至還帶有些恨意。

隨同陸老夫人招待賓客的堇青見狀，不禁感到訝異。她早已知道堇瑤對她有著奇特的厭惡，現在看來，似乎連陸家也在她的憎恨之列？

可明明堇瑤現在還未與二皇子勾搭上，她理應與陸家沒有任何利益衝突呀！

如果說，堇瑤對堇青的厭惡來得莫名其妙，那麼她對陸家的怨恨就更是無跡可尋了。

而且堇瑤自己可能沒有察覺，但一直默默觀察著她的堇青能看出她行動間對陸家非常熟悉。然而堇瑤只在堇青成親那天到過將軍府，她對將軍府的熟悉到底從何而來？

堇青瞬間大大提升對堇瑤的警戒，她發現對方也許比她所以爲的更加危險！

懷著對堇瑤的滿心戒備，影后大人臉上卻掛著如沐春風的微笑，上前招待著堇家母女。

堇夫人也已聽說那些謠傳堇青是天煞孤星的風言風語，今天過來主要也是想看看女兒在陸家過得好不好，並且與堇青就謠言一事商量對策。

看到堇青與陸老夫人一起招待客人，一副當家主母的模樣，而陸家的下人也待堇青非常敬重，堇夫人暗暗鬆了口氣。至少無論外面的人說得多難聽，女兒在陸家並沒有受到苛待。

不久，老夫人邀請的賓客都到齊了，前來的皆是京城有頭有臉的女眷。她們自然聽過有關堇青的謠言，有相信的、也有不相信的。然而無論信與不信，她們都知道堇青麻煩大了，不約而同地頻頻打量著這位近期在京城中很出名的八卦主角。

堇青裝作不知，大大方方地任由眾人打量，她儀態優雅，嘴角總是掛著溫婉的微笑，嫻靜的氣質讓人面對她時不由自主地放下心房。

在場不少人聽過謠言後都曾好奇打聽堇青的事情，聽說堇家二小姐是個陰沉怯懦的女子。然而現在看到本人，卻覺得與堇青相處時如沐春風，與她們所聽說的感覺有很大出入。

既然打聽而來的性格都能夠差距那麼大，那麼近期的命硬傳言感覺就更不可信了。對於堇青是天煞孤星的謠言，眾人的心裡已經不太相信。

不過也不是所有人都對堇青抱持著善意，莫名其妙厭惡她的堇瑤就不說了，那些仰慕陸大將軍的小姐們，有不少都嫉妒著堇青，看不得她過得好呢！

陸世勳年紀輕輕便位高權重，他的權力並不是單純繼承自父輩，而是實打實在邊關有著卓越的戰功。當今聖上英明，並不是個會鳥盡弓藏的人。陸世勳又與太子是好友，可以想像這個年輕人的前程會有多好。

何況他還不好色，連通房丫鬟也沒有。雖然經常一臉冷冰冰、氣勢也強大得令人不敢接近，但他長得好啊！因此喜歡他的小姐還是有一大堆的，可惜這麼高素質的丈夫人選，卻被堇青這個名不見經傳的堇家二小姐早早預訂了！

那些仰慕陸世勳的小姐們心裡暗恨啊，爲什麼她們就沒有堇丞相那種眼光獨到的爹呢？重點是她們覺得堇青一點兒也配不上陸將軍，聽到這女的是個天煞孤星時，心裡都在歡呼雀躍了，期待著陸家快些將這個女人休掉，好讓她們上位！

畢竟陸世勳還沒有孩子，與堇青成親只有幾天，只怕感情也不深，即使在堇青被休後她們嫁過去當繼室也不虧嘛！

一眾情敵都在眼巴巴地等著堇青倒楣，這次前往陸家更是懷著看她笑話的心思。只是眞的來了以後，發現事情似乎與自己想像中有很大出入。

堇青活得春風得意，陸家人不僅僅一點兒也沒有冷待她，她還笑盈盈地招待著賓客，似乎謠言對她半分影響也沒有。

於是有些人沉不住氣了，那些想讓女兒嫁入陸家的夫人們裝作不經意地向陸老夫人試探：「老夫人好福氣，兒子成家立業了，兒媳看起來也是個能幹的，以後可以好好享清福啦。」

老夫人笑道：「可不是嗎？青兒可聰慧了，把這個家交給她我也放心。今天的聚會主要也是青兒負責，她把家裡管理得井井有條呢！」

聽到堇青不單沒有受到老夫人的嫌棄，對方還對這個兒媳喜歡得很，甚至聽她話裡的意思，這場聚會更是由堇青策劃的，難道老夫人已經把管理中饋的權力交給她了？

看到堇青如此得老夫人器重，不少人都熄了小心思，只敢在心裡羨慕嫉妒地嘲諷堇青實在好狗運。

這裡的人都是人精，現在陸家明顯很滿意堇青這個媳婦，再加上丞相府也不是能任意踐踏的存在，因此沒有人故意說什麼難聽的話。一時間氣氛和樂融融，一片歡樂的景象。

堇瑤見狀有些急了，她故意散布堇青的謠言，就是想看她被陸家厭棄的樣子，想不到看到的卻是堇青在將軍府活得滋潤得不得了的快活模樣。堇瑤不明白堇青爲什麼能夠有這種好運氣，她多次暗算卻總被堇青躲過。

最令堇瑤焦躁的是，她所知道的事情似乎因爲堇青的插手而產生了偏差。堇青沒有與洛天行私奔，陸世勳也沒有死！

菫瑤有種感覺，菫青的存在將會是她成功路上的最大阻礙。面對著眾多偏離了軌道的事情，菫瑤愈發焦躁起來，沉不住氣地說道：「看到二姊過得好，那我就安心了。外面傳出二姊是天煞孤星的謠言，還說陸將軍之所以剛成親便受傷也是二姊害的，我多擔心陸老夫人會介意。幸好將軍府豁達，沒有因此而責難二姊。」

菫瑤的話一出，原本熱鬧的場面頓時靜默下來，眾人面面相覷，現場瀰漫著一股尷尬的氣氛。

菫夫人都快被小女兒的話氣昏了，要不是大庭廣眾之下得顧及顏面，菫夫人已經怒罵要菫瑤閉嘴了。

陸老夫人原本舉辦這次聚會，便是想要向京城其他家族表達出他們陸家對菫青的重視。再加上謠言出現得突然，明顯是針對菫青而來，老夫人一直等著看看會否有人沉不住氣。

想不到第一個跳出來的人竟是菫家的老三，這就有些尷尬了……

第五章·回門

雖然很意外跳出來針對堇青的人是堇瑤，不過陸老夫人沒有忘記這次舉辦宴會的目的。正好藉著堇瑤這別有用心的發問，爲自家寶貝兒媳正名。只見老夫人笑呵呵地說道：「我當然不會怪責青兒，那些人說青兒會剋我陸家，然而事實卻是反過來，應該說青兒是我家的福星才對。不單剛入門便救了世勳的性命，還有著一身精湛的醫術，爲世勳與我相公調理身子。能夠娶到這麼賢淑又出色的兒媳，實在是我陸家的福氣。也不知道是哪些心思歹毒的人，故意針對青兒散布不實的謠言。竟還有那麼多愚昧又長舌的人相信，使得謠言愈趨愈烈。」

說罷，老夫人嘆了口氣搖了搖頭，一副因爲民眾愚昧無知而痛心疾首的模樣。

堇青看到身邊那些夫人小姐們難看的臉色時，差點忍不住笑了出聲。

實在是陸老夫人這番話眞的太損了，雖然一連串下來連個髒字都沒有，卻把這裡大部分人都罵了進去。堇青實在很想知道這些自視甚高的夫人小姐們被老夫人說成愚昧又長舌的人時，心理陰影面積到底有多大。

有了老夫人這些話，只要再好好操作一下輿論，堇青這場危機便算是解除了。

畢竟陸家的態度已經擺了出來，何況說她是天煞孤星是子虛烏有的事情，根本經不起查證。然而她救了陸世勳，又爲陸家父子調理身體，卻是實打實的功勞。

最重要的一點，陸老將軍的腿經過眾多名醫的治理都沒有起色，要是堇青真的能夠讓他像正常人般走路，那麼她的身價便會水漲船高。何況她還是女子，這個世界雖然對女子不算太苛刻，即使是名門女子也不用纏足，亦可以自由地外出走動，只是在醫治上，有時候會有身體接觸或者須要患者脫衣察看患處的情況，對女性來說還是很不方便。難得出了一個醫術高明的女性，這些夫人小姐們捧著她都來不及了，還怎會編排她？

這麼想著，堇青覺得她的一些計畫可以稍微推前。經過這一次的試探，陸家這些人還是滿厚道的。堇青可以放心與他們合作，也好早些把自己的名聲傳播開來。

畢竟依靠他人始終不是正道，自個兒有實力才好辦事，從軍隊入手是個不錯的選擇。她擅長醫術，弄些好的傷藥出來又不是難事，分分鐘把聲望刷上去。

心裡盤算著與陸家的合作，堇青邊招待著眾人。她若想與別人交好，便能讓人感到如沐春風，眾人只覺這新入門的陸家媳婦嫻靜溫婉，雖然說話不多，可是卻都是言之有物，舉手投足間有著高門小姐的優雅，溫溫柔柔的也讓人感覺與她相處很舒服。

堇青雖然話不算多，然而別人說話的時候她會很耐心地傾聽，眉宇間沒有絲毫不耐，讓人不由自主地找她傾訴。就連那些原本看堇青不順眼的小姐們，不少在聚會後都與她成了朋友，還約定了有空到對方家去串門子。

聚會結束後，大家都明白了爲什麼陸老夫人會如此喜愛堇青這個新兒媳了。這出色的教養與社交能力，果不愧是丞相府的小姐。即使不在相府中長大，卻仍是出落得如此出色。

相較之下，之前著急地把謠言點出來的堇瑤便顯得有些不夠看了。雖然她那番話看似在爲堇青抱不平，然而這裡的夫人門兒可清呢！

對於堇瑤到底懷著怎樣的目的才說出那番話，眾人心裡可是明白得很，相較於嫻靜清雅的堇二小姐，這個堇家小女兒的那副嘴臉便顯得頗爲惡毒了。

這次聚會邀請的都是京城中名門世家的貴婦人，她們不少家中還有未娶妻的兒子，原本把堇瑤視爲媳婦候選人，此時這些心思都淡了。堇瑤連自己的姊姊都可以如此落井下石，難保嫁到夫家後一個不高興便把夫家也陷害了。

可以說這一次的聚會，堇青不但洗白了自己，還獲得京城一眾貴婦千金們的好感。相反地，堇瑤卻因爲沉不住氣讓人看出她對堇青的針對，在上流社會的風評變得差了起來。

堇夫人一直悶著一口氣，直至回到堇家後才爆發出來：「瑤兒！妳怎麼總是要針對青兒？告訴我，妳到底是怎麼想的？」

堇夫人一向對子女寵溺溫柔，堇瑤還是第一次看到娘親這麼生氣，不禁畏懼地退縮了下，心虛地說道：「我不知道娘親在說什麼。」

見堇瑤丟臉都丟到姥姥家了，卻依然如此嘴硬，堇夫人氣惱地道：「別以爲所有人都是傻的，別說我了，今天聚會上的人只怕都看出妳迫不及待地衝出來踩妳姊姊一腳。」

堇瑤聞言臉色變得煞白，卻依舊否認道：「妳們都誤會了，我只是太擔心姊姊，所以才有些急躁地說錯話而已，絕對沒有針對姊姊的心思。」

堇夫人看著死不認錯的小女兒，心裡感到一陣疲憊。她揉了揉發疼的太陽穴，道：「妳自己好好想想……好自爲之吧！」

說罷，堇夫人便沒有再看堇瑤，頭也不回地逕自走回房間。隨行的陳嬤嬤走了幾步後回頭，正好看到堇瑤緊握著拳頭，一臉怨恨與不甘的模樣。

▲▲▲

堇青並不知道她那偷雞不成蝕把米的妹妹心裡的憤恨，即使知道了她也不會在意。

反正她又不會像原主那樣犯蠢，堇瑤的敵意都多得要溢出來了，原主竟然從無察覺，最終著了道兒。對於看慣了爾虞我詐娛樂圈的堇青來說，堇瑤的手段實在有些不夠看。

現在之所以還由著她蹦躂，主要是堇瑤還未做出太過分的事。要是現在與她對掐，堇青難免要賠上自己的名聲，堇瑤才沒有這麼大的顏臉呢！

堇青相信以堇瑤對自己莫名其妙的恨意，那些不入流的手段必定會陸續使出。自己只要兵來將擋，水來土掩，當好一朵嬌弱的白蓮花看對方找死就好，沒必要在堇瑤身上投放太多心力。

現在我還忙著要揚名呢！本影后可是很忙的吶！

這麼想著的堇青，拿著準備好的傷藥，以及寫好的相關資料交給了陸世勳。

陸世勳疑惑地詢問：「這是？」

堇青柔柔一笑，道：「這是我鑽研的傷藥，以及傷藥的製作資料，還有一些受傷後的急救方法。這傷藥經過我的改良，材料都是些常見的草藥，但藥效卻是不錯，應該可以廣泛普及出去。製作方法也很簡單，只要把這幾種草藥混合後……」

堇青用柔和的嗓音娓娓道來，竟全都是戰爭中能夠救命的手段，陸世勳的表情逐漸嚴肅起來。

在戰爭中，其實很多士兵都不是死在戰場，而是受傷後傷重不治。如果這傷藥的確如堇青所說的功效這麼好，而且材料易得，絕對是士兵們、甚至一般老百姓的福音。

「妳確定要把這些資料交給我？」雖然陸世勳很心動，可是他卻沒有立即把東西收下，而是再次向堇青確認：「即使我對商販之事並不了解，也知道這傷藥只要運作得好，便能從中獲得多大的利潤。」

堇青微微一笑：「這些我當然知道，只是我們家又不缺錢，倒不如把這些資料貢獻出來。我一直很敬佩保衛國土的將士，也希望能夠爲他們出一分力。何況還有那些買不起昂貴傷藥的平民……就當是爲了我們家積福吧。」

陸世勳深深地看了堇青一眼，這才接過傷藥，並鄭重地說道：「我保證這份資料會用在需要的人身上，並爲所有受惠的人向妳道謝。」

堇青搖了搖頭，道：「你言重了，既然已經是一家人，這麼見外做什麼？夜深了，我們也歇下吧。」

現在陸世勳受了傷，身體還要養一大段日子，二人的睡覺是眞的純睡覺。堇青身爲思想較開放的現代人，加上知道陸世勳現在的身體即使想對她幹什麼也是有心無力，因此與對方躺在一張床上完全沒有壓力。

陸世勳聞言點了點頭，認眞的表情看不出一絲異樣，要不是堇青看到他的耳朵又變紅了，還會以爲對方與自己一樣，一點兒也不介意。

堇青被陸世勳的反應萌到，覺得他害羞的模樣實在太可愛了。

隔天是堇青回門的日子，堇家眾人齊集在家裡，就連堇丞相都特意選擇這天休沐，推掉了繁重的工作，留在家裡等待女兒與女婿。

堇丞相是個外表嚴肅的俊大叔，堇仲衡無論是長相還是性格都像極了他爹，簡直活脫脫是個年輕版的堇丞相。

父子倆都是幹實事的實在人，老實說堇丞相的性格並不是當政客的料子，幸好聖上英明，再加上朝廷風氣清明，而堇丞相的才學又是驚才絕豔，才能夠一直坐在丞相這個位高權重的重要位子。

「仲衡，今天你多看著你三妹，別讓她再鬧出任何事情。」堇丞相是個重感情的人，雖然堇青因爲健康原因鮮少住在主宅，與她的關係不及堇仲衡與堇瑤親近，可是堇丞相還是很關心這個女兒的。當得知外面莫名其妙傳出堇青是天煞孤星的謠言時，堇丞相既心痛又憤怒。要不是陸家出面維護堇青更爲適合，堇丞相便已經出手遏止流言了。

雖然事情交給陸家處理，然而自家閨女被欺負成這樣，堇丞相還是覺得嚥不下這口氣。

何況堇青在京城幾乎是隱形人般的存在，病癒回來與陸將軍成親後，才出現在眾人的視線中。因此堇丞相覺得這事情與其說是針對堇青，更大的可能是想要對付堇青背後的相府與將軍府，因此那個人這次散播謠言不成，說不定還會有更大的後著。

這麼一想，堇丞相更是重視此事，派人調查流言的來源，想要看看到底是誰出的手。

原本要查謠言的來源有些難度，然而堇丞相在京城勢大，何況傳出流言的人手段並不高明，因此很快便找到了始作俑者。

饒是堇丞相見慣大風浪，看到調查結果時也吃了一驚。

想不到竟然查到了自家小女兒身上！

堇丞相並沒有立即質問堇瑤，而是先把這事情與妻子討論。誰知道堇夫人聽到後並不訝異，還告知了他堇瑤多次針對堇青的事。

堇丞相工作繁忙，有時恨不得把自己一個分成兩個來處理繁重的工作，鮮少費心家裡的事情，都放心交給堇夫人處理。因此對於堇青與堇瑤之間的矛盾，堇丞相在此之前都不知情。

之前在將軍府，堇瑤雖然針對堇青說了那番話，所幸並未造成無法挽回的後果，反倒是害人終害己，最終損害了自己的名聲。堇夫人雖然氣惱堇瑤，然而終究是自己的女兒，她只是叱責了女兒一番，並沒有告知堇丞相這件事。

只是現在堇丞相既然已經查出堇瑤，堇夫人也不會欺騙丈夫。堇瑤冥頑不靈，堇夫人也擔心她會再惹出什麼事，告知堇丞相讓他心裡有所防備也好。

何況經過堇瑤扯出的這些事，堇夫人雖然並未放棄這個女兒，但其實也對她有些失望了。

堇丞相想不到還有這些事情，自家嬌寵著長大的小女兒小小年紀便有這麼惡毒的心思，還挑自家人來下手，讓他不由得蹙起了眉頭，道：「盡快把瑤兒嫁出去吧，她心性不好，就別替她找高門大戶的人家了，免得到時候再鬧出事情，我們護不住她。」

堇夫人聞言，雖然有點不願，不過想到堇瑤短短幾天就鬧出了不少事，加上丈夫雖然位高權重，但不少政敵也盯著他們家就等著他們犯錯。可不能因爲感情用事，讓堇瑤鬧出事情來影響到丈夫與兒子的仕途。

而且堇瑤現在名聲可不怎樣，找個次一等門第的夫婿也免得她被夫家欺壓，於是堇夫人便應允下來。

此時堇青來到了相府，堇丞相夫婦看到被堇青攙扶著走來的陸世勳，眼中閃過滿意的神色。

誰都知道陸世勳在成親時被蠻族刺殺受了傷，可才隔了幾天，傷勢未癒的他卻還是陪同堇青一起回門了，這份心意實在難得。

雖然陸世勳的身體素質比常人好，又有堇青這個醫術高明的妻子幫忙調理，但那場刺殺他終究是受了傷、流了不少血。在家走動還好，要出門的話，以他現在的情況還是有些吃力。只是陸世勳越是萎靡，便越顯得他特意跑這一趟很有誠意。

陸世勳受到堇家上下的熱烈歡迎，他雖然是不苟言笑的性格，但還是盡力向堇家人表達出善意。只有在面對堇瑤時，卻能看出陸世勳只有禮貌性的客套，似乎對少女很不待見。

本就有些心虛的堇夫人見狀，心裡不由得咯噔一聲，猜測著陸世勳該不會已經查出是堇瑤造謠針對堇青了吧，是的話便尷尬了。

幸好陸世勳只是有些不待見堇瑤，卻沒有多說什麼，堇夫人這才鬆了口氣，至少堇家的顏面是保住了。

趁著陸世勳與堇家父子談話的空檔，堇夫人與堇青說著些體己話：「青兒，世勳他對妳好嗎？」

堇青笑著點了點頭：「陸家上下都待我很好。」

雖然昨天的聚會已能看出陸家對堇青的重視與維護，不過能獲得堇青的確定，堇夫人的心這才安定下來。

堇夫人覺得只是短短幾天，堇青給人的感覺便平易近人了不少。以前堇夫人總覺得虧待了這個女兒，卻又不知道該怎樣與她相處。這孩子的內心太敏感了，又與堇夫人不親，雙方的交流總帶著疏離與小心翼翼。

堇夫人一直覺得這女兒怯懦不夠大氣，而小女兒則剛強有主見，因此一直很擔心堇青將來會過得不好。然而事實卻是堇青非常懂事，反觀堇瑤卻讓她操心不已。

看著眼前出落得愈發出色的女兒，正爲堇瑤事情操破了心的堇夫人靈光一閃，覺得讓堇青幫忙掌掌眼是個不錯的主意：「青兒，長公主舉辦的賞花宴妳會去嗎？」

堇青聞言後有些訝異，誰都知道長公主最愛當紅娘，這次的賞花會邀請了眾多未婚的公子小姐們，根本就是個相親大會。她這個已婚的去湊什麼熱鬧？

堇夫人解釋：「我想請妳那天幫忙掌掌眼，看沐家兒子的人品如何。要是合適的話，便爲瑤兒把婚事定了。」

此時團子盡職地爲堇青解說：「堇夫人是想讓堇瑤嫁進沐家呢。沐家是掌鹽的皇商，雖在朝中無大權，但堇瑤嫁進去的話富貴榮華絕對少不了。那沐家的小兒子性格忠厚老實，是沐家唯一的男丁，上面只有一個姊姊。」

聽起來是很不錯的婚事，雖然讓堇瑤嫁得這麼好有些不爽，不過堇青想到相府與將軍府將來因爲站錯隊，而受到上位當了皇帝的二皇子逼害；而相府裡搜出來的那所謂的「罪狀」，便是堇瑤這個拿自己家當墊腳石的白眼狼偷偷放進去的。堇瑤這個禍害還是不要留下來比較好，早早在她搭上二皇子之前把她嫁出去吧！

見堇青沉思著並未說話，堇夫人解釋：「我想著妳已經出嫁，仲衡也有婚約在身，就只剩下瑤兒了。聽起來沐家兒子性格憨厚，便想要妳去幫忙看看。」

堇青並未詢問相府多得是選擇，爲什麼會讓堇瑤低嫁這些問題，欣然答允下來：「既然涉及妹妹的婚姻大事，我自當去幫忙掌掌眼。」

獲得堇青的應允，堇夫人覺得這女兒實在貼心。再想到堇瑤在背後耍些不入流的手段針對堇青，相反地，堇青卻一聽到是堇瑤的事情便答應幫忙，誰心思歹毒、誰善良重感情，實在一目了然，不禁在心中萬分嘆息。

第六章・感情升溫

相較於堇青與堇夫人的和樂融融，正在與堇家父子談話的陸世勳那邊，氣氛卻是嚴肅得多。

陸世勳把堇青昨晚交給他的資料與傷藥帶了過來，並拿給堇家父子看。

堇家父子看過那份資料後，都交換了個震驚的眼神。

想不到自家女兒/妹妹斯斯文文的，卻不聲不響便要搞大事情呀！

資料的內容如果屬實，那麼這藥效不錯、材料低廉又製作簡單的傷藥只要公開，絕對能大大降低士兵的死亡率。更何況資料還不只這些，還有一連串聽也沒聽過的急救方法。而且堇青還告訴了陸世勳，她正努力研究改良其他藥物呢！

也幸好無論是相府還是將軍府，權力都夠大，陛下與太子又是賢明的人，不然他們只怕要讓堇青藏拙了。

有時一個人太優秀，也會是一種罪過。

「你打算怎麼處理這份資料？」堇丞相問。

陸世勳道：「我打算把它呈上去。」雖然這資料運作得好，便能帶來極大的名譽與收益，但陸世勳並沒有忘記堇青的初衷是想要幫助有需要的人，將東西呈上去，才能最有效益地發揮它的作用。

即使受傷未癒，陸世勳的腰桿依舊挺得筆直，彷彿沒有任何事情能夠把他壓倒。堇丞相看著青年正直明亮的雙目點了點頭，簡單提點了一句：「要是你要呈上去的話，便交給太子吧。」

相府與將軍府都是支持太子的派系，既然陸世勳打算把東西交上去，給太子更爲適合。

雖然交給陛下所獲得的利益也許比較大，可是以長遠來說，卻是賣太子一個人情，更爲划算。

陸世勳與太子是交情不錯的好友，他本就打算試驗過藥效後呈給太子，對於堇丞相的提點自然沒有異議。

三人都是同派系的人，而且理念相近，談話進行得很愉快。因爲堇青，堇丞相對陸世勳並沒有藏私，指點了他許多。至於堇仲衡與陸世勳這一文一武兩個年輕人更是相逢恨晚，一席話後引爲知己。

為免堇瑤鬧出任何事情，除了堇青夫婦過來時讓她露一露臉，堇夫人便沒有讓她與堇青單獨接觸，堇青的身邊總是有其他人在。

堇瑤一直不願意相信堇青有治好陸世勳的能耐，本打算藉著堇青回門的機會向她探聽這事情。只是堇夫人防她防得緊，很難得才找到個機會湊上前詢問：「二姊，妳是用神醫給的丹藥治好了姊夫的嗎？」

堇青反問：「妳怎麼知道我手中有神醫給的丹藥？」

堇瑤愣了愣，隨即笑道：「我也是猜的。聽說二姊妳在別院養病時向神醫學習醫術，便猜神醫離去前有留下救命的丹藥給妳，妳才能把姊夫救回來對吧？」

堇青覺得堇瑤並沒有說實話，雖然她解釋剛剛那番話只是她的猜測，但堇青仔細回憶起堇瑤提及「丹藥」時的模樣，當時對方的語氣太篤定了，似乎是早已肯定她有丹藥似的，只是不確定堇青有沒有利用這藥來救人。

雖然覺得堇瑤的話不盡不實，不過堇青也不在乎，而且她樂得誤導對方，免得自己的東西老是被人惦記：「對呀，幸好有那枚丹藥，不然我也無法把人救回來了。」

獲得堇青的確認，堇瑤臉上閃過嫉妒。心想著怎麼堇青的運氣這麼好，同時又惋惜能夠救命的神藥已經沒了。

與堇家人一起吃了頓飯後，堇青便扶著陸世勳在相府裡到處蹓躂。相府庭園有著各種精緻優美的山水造景，與將軍府格局有很大差別。

將軍府給人的感覺更多的是肅穆，陸世勳還把庭園的花花草草全部移走，改建成四周放滿武器的練武場。現在看堇青興致勃勃地向他介紹庭園中的各種奇花異草，陸世勳突然覺得在自己的練武場四周種些花草，也許是個不錯的選擇。

這樣一來，他的新婚妻子應該也會感到高興吧？

堇青並不知道自己在介紹庭園時，陸世勳便已起了改造練武場的心思。現在正值花朵盛放的夏季，相府的花草都有下人悉心打理，開得非常燦爛，更引來眾多蝴蝶前來採蜜。色彩斑斕的蝴蝶在花間翩翩起舞，吸引了堇青駐足觀賞。

原本是賞心悅目的景色，然而堇青卻無法靜下心來欣賞。實在是身旁的將軍大人頻頻閃躲蝴蝶的動作太煩人，最終堇青不禁把視線從眼前的美景移開，投放到陸世勳身上。

只見陸世勳一臉嚴肅地躲避著蝴蝶的靠近，青年似乎下意識想要揮手把蝴蝶驅趕，卻又在快要碰到蝴蝶前把手移開，一副完全不想與蝴蝶有任何身體接觸的模樣。

堇青見狀，向屢屢靠近陸世勳的蝴蝶伸出了手，這蝴蝶也不怕人，穩穩停落在堇青手上。少女的手指修長纖細，猶如凝脂的皮膚在陽光下彷彿會發光似的。美麗的蝴蝶停在她手上，本來應該是賞心悅目的情景，然而陸世勳卻看得眉頭直跳，還退後兩步與堇青保持了一段距離。

堇青：「陸將軍你……害怕蝴蝶？」

陸世勳如臨大敵地盯著蝴蝶看，確定了這小傢伙暫時沒有移動的意思，這才戰戰兢兢地返回堇青的身邊。

兩人默默無言地對望了半晌，面對堇青等待答案的視線，陸世勳這才回答道：「只是不喜歡，沒有害怕。」

堇青：「……」

見少女完全不相信的表情，陸世勳忍不住再解釋：「真的，我討厭這種會掉粉的生物，感覺很噁心。」

堇青已經不知該說什麼好了。

陸將軍出征時吃住條件一定好不到哪去，再加上大家一起同住了幾天，堇青可以肯定對方沒有潔癖，想不到這人竟特別討厭蝴蝶的鱗粉。明明是很嚴肅正氣的一個人，怎麼到了這些小地方上卻顯得這麼奇葩可愛呢？

堇青揚起手，指尖上的蝴蝶便拍動著翅膀飛回天空。

看著陸將軍滿臉都是厭棄、強忍著不往外彈開的模樣，堇青的笑意便深了幾分，道：「我倒是滿喜歡蝴蝶呢。想到牠們忍耐著寂寞、冒著危險結蛹，最終才能蛻變成現在這美麗的模樣，便覺得又可愛又可敬。」

陸世勳本以爲堇青只是單純喜歡蝴蝶的模樣，有點意外少女會說出這番話。只見堇青一雙帶笑的眸子明亮動人，波光瀲灩。明明不是很出挑的容貌，卻讓陸世勳心動不已。

▲▲▲

在堇家度過了愉快的時光，離開時堇青有些不捨。在原本的世界中，她的親緣淡薄，爹不疼娘不愛，因此對親情十分渴望。即使明知堇家夫婦的慈愛是給予那個把自己作死了的原主，可堇青還是對他們的關心感到很暖心。

明明有著這麼好的家人，原主怎能爲了愛情說捨棄便捨棄的呢？

陸世勳突然提出：「我有空會再陪妳去堇家的，妳也可以邀請岳母到家裡坐坐。」

堇青愣了愣，轉頭看向身旁的青年，發現青年雖然仍是一臉的冰冷，然而耳朵卻紅了……

所以他是在討好我嗎？是在討好我吧！

堇青的嘴角止不住地上揚：「好。」

二人回到陸家後，生活便回歸了寧靜，開始各有各的忙碌。

堇青去找老將軍爲他的傷腿針灸。自從堇青接手老將軍的治療後，食療、藥浴、針灸……用著各種方法爲老將軍療養，雖然只是短短數天還未看得出治療的效果，然而老將軍發現一直困擾著他的腿痛竟然消失了！

這讓老將軍看到了治好腿傷的希望，這幾天心情大好，逢人便大讚自家兒媳孝順又有本事。

至於陸世勳，則把堇青給他的傷藥與相關資料交給了太子。

太子從小聰慧，身爲正統繼承人的他接受最好的教育成長，立即便敏銳地察覺到這份資料的重要性。

太子年紀與陸世勳相若，二人是交情不錯的朋友。他拍了拍陸世勳的肩膀，語帶揶揄道：「想不到你的妻子竟然這麼能幹，眞是有福氣。」

陸世勳聞言露出一個微不可見的笑意：「她很好。」

發現素來一臉冷冰冰的陸世勳竟然笑了，太子不禁感到訝異，心想這位董家二小姐似乎很得陸世勳的喜愛呀！

見好友婚姻幸福美滿，太子也爲他感到高興。他拿著手中的資料，打鐵趁熱地說道：「我這就進宮把東西獻給父皇，世勳，你想要什麼賞賜？」

雖然陸世勳什麼都沒要求、直接便把東西交給他，可是太子並沒有私吞別人功勞的想法。呈上後自然要向父皇提出資料的來源，要是陸世勳有什麼想要的，只要不過分，太子便可以替他向父皇爭取，也省得到時候皇上賞賜的東西不合他心意。

陸世勳想也沒想便道出要求，顯然是心裡早已有了想法。

太子被好友毫不客氣的模樣逗笑了，不過對方的要求很合理，又不是件困難的事情，太子完全不擔心父皇會不答應，拍著胸口道：「包在我身上吧！」

▲▲▲

這天堇瑤在家裡與幾個關係很好的閨蜜聚會，這些女孩子都是堇瑤從小認識的好友，也是接下來將參加長公主賞花宴的人。

因此這一天的話題都繞著賞花宴展開，這些小姑娘都到了適婚年齡，有些已經訂了親的想要藉這機會看看未婚夫，一些未訂親的也想著相看一下京城的青年才俊。

少女情懷總是詩，一群年紀相仿的女孩子聚在一起，三句不離男生。其中一人打趣般說道：「這一年在京城嫁得最好的女子，便要數瑤兒妳的姊姊了。」

其他少女立即一臉花痴地表現出羨慕：「眞的！那可是陸將軍耶！」

「聽說陸將軍至今還沒有通房，後院可乾淨了。」

「陸將軍大破蠻人後大勝而歸的時候，我還曾經到過城門歡迎呢！」

「我也有去！將軍長得器宇軒昂的，可帥了。」

「而且之前不是有傳出針對妳二姊的流言嗎？陸家特意爲她澄清，對她很愛護呢！」

「對對，還有妳二姊剛嫁到夫家，便能夠獲得管理中饋的權力，讓不少管家權還被婆婆拿捏在手裡的夫人們羨慕得不得了。」

聽著閨蜜們都在談論堇青的好運氣，堇瑤心裡實在覺得不是味兒。幸好她還記得這份情緒不能外露，把心裡滔天的嫉妒與惡意壓下，只是臉上的笑容卻忍不住地淡了幾分。

眾人看出她興致不高，便轉移話題說起京城的其他青年才俊：「聽說這次的賞花宴，眾位皇子也會出席呢！」

堇瑤聞言雙目一亮，正想要再打探得清楚些，便見下人喜氣洋洋地跑往堇夫人的房間。堇瑤把下人攔住，詢問發生了什麼事。

下人喜笑顏開地說道：「剛收到消息，陛下下了旨要封二小姐誥命，現在宣旨的人已經去到陸家了。」

說罷，下人便興沖沖地找堇夫人報喜，滿心都想著堇夫人高興之下會給多少賞錢，並沒有注意到堇瑤瞬間扭曲的臉。

如果之前眾位小姐還只是覺得堇瑤談及堇青時表情有些奇怪，現在看到堇瑤來不及掩飾的神情，也知道堇家姊妹的相處並不融洽了，便把想要說出口的恭喜吞回肚子裡。

她們心裡都好奇著堇青被接回堇家不久便出嫁了，到底她與堇瑤產生了怎樣的矛盾，會令堇瑤這麼厭惡她？

就在眾位小姐對堇青這人充滿了好奇、打算藉著賞花宴好好認識一下這位陸夫人時，便聽堇瑤請求道：「詠詩，賞花宴那天，妳能夠讓陳大哥幫忙帶一個人過去嗎？」

堇瑤口中的「詠詩」，全名陳詠詩，她的父親與兄長陳永華都是堇丞相的下屬，兩家人有著多年的交情，陳詠詩與堇瑤更是情同姊妹。

只是私交還私交，陳詠詩也不傻，堇瑤的要求實在有些奇怪，明明她自己也會參加賞花宴，怎麼就不自己帶人進去呢？陳詠詩想問清楚，以免惹禍上身：「要帶的人是誰？是瑤兒妳的朋友嗎？」

菫瑤解釋：「是我的表哥洛天行。這不是科舉近了嗎，他前來京城備考。只是表哥是個驕傲的人，不願意依靠我家。我想著賞花宴那天有不少權貴都會參加，可以讓他多認識點人，便想讓陳大哥幫忙帶人進去，讓表哥多交些朋友也好。」

菫瑤這番話很有技巧，成功爲洛天行塑造了清高不依靠他人的形象。而且多帶一個人進去而已，這個要求也不過分，想著父親還是菫丞相的下屬，這舉手之勞幫一下也不怎樣，陳詠詩便應允了下來。

此時菫青已經把宮裡前來宣旨的人送走，轉眼間便成了誥命夫人。

團子告訴她：「是陸世勳爲妳爭取的。」

這一點菫青也猜到了：「原本我還想讓他拿著資料去領功，想不到那個傻瓜卻那麼老實。」

雖然這話說得很嫌棄，然而堇青卻不自覺流露出甜絲絲的表情，顯然對於陸世動的做法其實是很高興的。

團子覺得即使隔著不同的世界，它也嗅到了名爲「戀愛」的酸臭味！

「對了，賞花宴妳要小心一些，董瑤讓人把洛天行帶過去了，也不知道她又想弄出什麼蛾子。」團子警告。身爲堇青的拍檔，它也是很盡責的噠。

「哦？」堇青聞言，頓時露出了興致勃勃的神情。

團子覺得有些無語：「妳好像很期待？」

堇青勾起了嘴角，霸氣地說道：「那丫頭要是不湊到我眼前作怪的話，要對付她還眞的有點難辦呢。現在既然她主動鬧事，那就要做好被我報復的心理準備。我還眞的很期待，正好可以裝裝白蓮花嚶嚶嚶一番，不然豈不是浪費了這身體的林妹妹屬性？」

看到拍檔戰意高昂，團子也興奮地保證：「我會幫忙看著那個壞女人，不會讓她害了青青的！」

「那就拜託團子你了喔！」堇青笑道：「這麼說來，這個誥命還眞來得及時。正所謂官大一級壓死人，有了誥命，很多事情幹起來便有底氣得多了。」

看著堇青自信的表情，顯然悶著一肚子壞水打算在賞花宴那天坑別人呢！

團子覺得拍檔太強大有點不好，就是自己好像沒什麼作用。

它能怎麼辦呢？只能替青青搖旗吶喊了！

▲▲▲

很快便來到了賞花宴當天，陸世勳不愧爲舉國聞名的猛將，身體素質一級棒。經過這些日子的調理，身體已恢復得不錯，不用他人攙扶也能如常走動，只是走久了傷口仍會隱隱作痛，而且特別容易疲倦。

同時老將軍的恢復狀況也很樂觀，現在他的腿已經完全不痛了，且經過一段時間的治療，跛足的情況改善不少。以前他得要使用拐杖才能走路，現在雖然走路依然一拐一拐的，但已能夠脫離拐杖自己行走。

這讓老將軍樂得不行，要不是陸老夫人阻止，老將軍差點便想跟著去賞花宴湊熱鬧，好讓更多人看看他的腿快要痊癒了。難怪別人都說「老小孩」，老人年紀大了以後，便愈發像個孩子般會鬧脾氣。還好老將軍是個妻管嚴，有個老夫人能管管他，最終他只能懊惱地打消這個念頭。

堇青有些失望老將軍無法一起去，不然好好的一場相親聚會，一群適婚年齡的少男少女之中多出一個老將軍，這場面怎麼想都很有趣。

可惜堇青現在的人設要斯文識大體，就算搞事情也只能暗中來，不然她一定慫恿老將軍一起出席。

雖然老將軍要乖乖留在家裡，不過陸大將軍卻堅持要陪同堇青一起去：「娘親說我與妳成親後應該多一起到外面走走，我覺得賞花宴是不錯的選項。」

隨即又見陸世勳有些不悅地皺起了眉：「我發現妳對我的稱呼一直很生疏，不是直接略過稱呼，便是直接喚我『陸將軍』，妳應該叫我『夫君』才對。」

「……」堇青沒有說話，夫君什麼的感覺很肉麻，有些叫不出口呀！

見堇青不說話，陸世勳有些不高興，臉上的神色又再冷了幾分，倒讓堇青覺得夏天站在這個人身旁倒不錯，天然的製冷機耶！

倚秋與冬菱交換了一個視線，心想她們都快被將軍大人的冷臉嚇死了，可是自家夫人卻一臉不在乎，而且還似乎覺得……很有趣？

陸世勳見堇青不說話，突然心裡有些發慌。他一直都是個意志很堅定的人，雖然很重視家裡人，但因性格的關係，態度未必能有多溫和。他想起娘親就曾取笑過他，說他這種性子很容易會讓人誤會，要不是他位高權重，說不定還會討不到老婆。

想到自家妻子如此嬌弱，就像一朵無法承受風雨的花兒，陸世勳的態度不禁放軟下來：「我不是說妳錯了……只是我們都是一家人，我希望別這麼生疏。以後我喚妳『娘子』，妳喚我『夫君』好嗎？」

堇青頓時被對方建議的肉麻稱呼雷得外脆內嫩，連忙忽悠道：「我覺得相較於夫君二字，還是喚名字比較好。既能表現出親暱，又與其他夫婦不同。不如我還是叫你『世勳』吧！記得娘親都是這麼喚你的，這才顯得我們是一家人嘛！」

陸世勳雖然覺得堇青的說詞有些怪怪的，母親與妻子又怎會一樣呢？不過想到自家娘子嬌滴滴地喚著自己的名字，他便又高興起來，便頷首應允。

堇青再接再厲：「至於你喚我『娘子』……萬一別的男人在街上喊『娘子』，我可能還會誤以爲在喚我呢！這樣不好。」

陸世勳想像著別的男人喊「娘子」時，被堇青誤應的情況，心裡頓時一陣不爽，便從善如流地道：「那我便喚妳『阿堇』吧！」

堇青聞言愣了愣，抬頭看過去，視線正好撞進了陸世勳那雙深邃的眸子裡。只見素來冷酷的大將軍柔和了視線，磁性的嗓音喚道：「阿堇。」

堇青瞬間紅了臉，腦海裡更響起了團子不嫌事大的口哨聲。

「閉嘴！」

如果陸世勳喚她青兒之類，堇青也許不會有這麼大的反應。畢竟這是原主家人對她常用的稱呼，堇青覺得這稱呼是屬於原主，卻並不屬於她。

然而對方卻喚她「阿堇」，堇青有種對方是呼喚著真正的她的感覺，心頭不禁一陣悸動。

堇青知道，她真的栽了。

不過她也不是那種糾結的性格，既然確定了自己喜歡陸世勳，而且他們還已經是夫妻了，那麼她自然不會把人往外推。近水樓台先得月，何況陸世勳明顯對她也很有好感，堇青覺得這樣還不能把人「吃掉」就真的沒天理了！

然而堇青也有一件事情得先與陸世勳確定，如果對方不介意的話，那對她必定是真愛，到時候他們就當一對真的夫婦吧。

要不然她就趁雙方感情還未太深時，盡快完成任務離開，大家從此江湖不見。

憶起一開始堇青還未有與陸世勳進一步發展的想法，當時她還打算下些藥讓他不舉呢！幸好還沒來得及動手……

陸世勳不動聲色地看了堇青一眼。

又來了！那種令人毛骨悚然的危機感！

然而陸世勳很快便把這種感覺拋諸腦後，因爲下一秒他的妻子牽上他的手，向他露出溫婉又美麗的微笑：「既然世勳你有空，那我們便一起去賞花宴吧。我也很期待與你一起賞花呢！」

感受著手中的柔軟，陸世勳的動作頓時輕柔起來。他的手很粗糙，還有著練武練出的繭，以及受傷的疤痕。

堇青的皮膚卻很嬌嫩，手更是柔若無骨，讓他很擔心稍微大力一些便會將人弄傷了。

見陸世勳小心翼翼的模樣，堇青眼中一片柔情，牽著對方的手一起離開了將軍府，秀恩愛去。

第七章・賞花宴

然而堇青秀恩愛的計畫未能如願。

兩人來到了賞花宴的所在地，便見眾多獲邀男男女女涇渭分明地各自賞花，卻又在不經意間偷偷地打量著對方。

不是沒有一些單純前來賞花的人，只是堇青既然有著任務，那麼她自然要陪伴在堇瑤身邊。偏偏堇瑤身旁都是一群還未出閣的姑娘，要是陸世勳繼續與她待在一起便不太適合了。

雖然陸世勳的表情仍舊是冷冰冰的，然而堇青卻能感受到他心裡的鬱悶，不由得暗暗好笑，安慰道：「我也只是來幫瑤兒掌掌眼而已，又不會整天寸步不離地與她在一起。一會兒有空，我們再一起賞花吧。」

堇青安撫了番陸世勳，便與他先去向堇夫人打個招呼。堇夫人雖然有叫女兒參加，卻想不到連女婿也跟著一起來了。她原本還覺得有些犯難，把堇青夫婦分開似乎不太好，還是堇青直接說出妹妹的終身大事要緊，讓堇夫人對這體貼懂事的女兒又是憐愛又是心疼，不禁在心裡再次把兩個女兒做了一番比較。

「既然如此，就麻煩青兒妳了。妳與瑤兒年紀相若，理應與她比較談得來。除了觀察一下沐公子的人品外，也好探探瑤兒的想法。」堇夫人笑道：「正好今天仲衡也來了，世勳就與他一起好好去玩吧。」

其實堇夫人這次叫堇青過來也是用心良苦，她希望堇青能夠與堇瑤多相處，也許雙方多了解後，便能修補她們破裂的姊妹情呢。

堇青如果知道堇夫人還期待著她與堇瑤兩人姊妹情深，必定會拍拍她肩膀讓她別想太多。堇瑤多次陷害自己，堇青對這位妹妹沒有絲毫好感。

雖然心裡是這麼想，但堇青來到堇瑤面前時卻是一臉欣喜，親熱地挽著她手臂說道：「我還以爲我來得早，想不到瑤兒妳比我還要早來。」

說罷，堇青看向一旁的貴女們，笑著頷首道：「妳們是瑤兒的朋友嗎？來到京城後我還是第一次參加聚會呢！」

堇青說話溫婉，眼中充滿著真誠，笑意盈盈的模樣讓人感覺如沐春風，一看便覺得這是個很溫柔、很親切的人。

與堇青的高超演技相比，堇瑤的道行便差得遠了。她剛被堇青挽住手臂便變了臉，即使強忍著沒有把她的手甩開，表情也是止不住地厭惡，彷彿挽著自己的人不是親姊妹，而是有著血海深仇的仇人。

如果說是一般家庭的姊妹，別人也許還會覺得兄弟姊妹不和並不難理解，畢竟即使有著血緣關係，還是有性格不合的可能，而且大家族的子女總難免有著利益上的衝突。

然而大家都知道堇青自小身體不好，在主宅生活的時間並不多，病癒後不久便出嫁了。加上她性格又溫溫柔柔地好相處，因此看到堇瑤這種態度，人人都覺得是堇瑤單方面厭惡對方。

堇青也發現到堇瑤眼中的厭棄，臉上的笑容頓時黯淡下來，一臉難過地退開了一小步。

別人看到堇青這副可憐的小模樣，更覺得是堇瑤的錯。先不說對方終究是她的姊姊，堇青還有誥命在身呢，要是堇青較真的話，堇瑤這個妹妹可是要對她行禮的。

堇青被堇瑤這麼對待，卻也好脾氣地沒有生氣。相反地，堇瑤當眾便給姊姊臉色看，也不管有沒有人發現她的態度有多惡劣。

就連與堇瑤交好的小姐們，也覺得她的態度未免太過了。那些前來相看姑娘的青年才俊及夫人們，更覺得堇瑤刁蠻任性得很，讓堇瑤原本不好的名聲頓時變得更差了。

堇仲衡看到堇瑤又欺負堇青，便想上前調停，卻被陸世勳阻止：「這些事只能讓她們自個兒處理，我們插手並不好。」

堇仲衡也不想把事情鬧大讓別人看笑話，只得作罷。然而心裡卻對堇瑤這個行事乖張的妹妹愈發失望，同時也對識大體、遷就著堇瑤的堇青很有好感。只覺得堇青這溫柔乖巧的模樣，更符合他對「妹妹」的想像與喜好。

堇仲衡慶幸陸世勳好說話，不單沒有因爲妻子被欺負而找堇瑤麻煩，還阻止自己插手。卻不知道陸世勳是一個護短的人，更沒有憐香惜玉的心思，他可不會覺得去管兩個女生的事情有什麼不好意思。

在陸世勳看來，堇青既然是他打從心底認同的妻子，自然容不下別人欺負。之所以攔著堇仲衡也不是因爲面子問題，而是因爲他覺得剛剛堇青就是故意挑釁堇瑤，並且裝弱裝可憐的。

雖然妻子素來溫溫和和的、脾氣很好，平常行事也沒有絲毫破綻，但陸世勳很相信自己多年作戰下所培養出來的敏銳直覺。他多次在堇青身上感受到危險的氣息，這個少女絕不如外表般簡單。

畢竟是朝夕相處的枕邊人，即使堇青的演技再好，在陸世勳用心的觀察下，還是被他探到些許眞性情。

至於一直關注著兩個女兒的堇夫人，自然也看到了剛才那一幕。她嘆了口氣，更堅定了讓堇瑤低嫁的決心，不然以小女兒這種衝動惹事的性格，嫁到權貴人家就不是結親，而是結仇了。

看到旁人的神色，堇瑤也察覺到剛剛自己的反應有些過分，連忙亡羊補牢地嬌笑道：「原來是姊姊，剛剛我在發呆沒有注意到妳，突然被人挽著嚇了一跳呢！」

看著堇瑤努力向她表達出善意卻難掩恨意的模樣，堇青心裡有著一個大膽的猜測：「團子，堇瑤對我的恨意實在來得莫名其妙，你說她會不會是個重生的？」

鏡靈讓堇青前往小世界盜取天道之力，而所謂的小世界，便是由小說、電影等所形成的世界。

既然本身就是天馬行空、由人們虛構出來的世界，當中會有些比較特別的原居民並不出奇，比如穿越、重生、擁有系統或特別的超能力什麼的，都不是值得驚奇的事情。

堇青在之前穿越的世界中，就曾遇上從地球穿越到魔法世界的人。她估計對方是一個小說故事中的主角，也就是說他是那個小世界的氣運之子。

不過那時堇青穿越的身分有些一言難盡，兩人也沒有利益衝突，堇青只是出於好奇才多觀察了他幾分，與那人並未有太大的交集。

來到這個世界後，堇青立即便從原主的記憶中，察覺到是堇瑤在背後推動著原主與洛天行私奔。後來堇瑤表現出對陸家的熟悉，還試探神醫送贈堇青的丹藥的去向。明明這些都是堇瑤不應該知道的事情，於是堇青便對她有了懷疑。

在原本的命運軌跡裡，堇青身敗名裂，而堇瑤則搭上了二皇子，後來蠻族在秋獵時突襲狩獵場，殺死了太子並重傷皇上，幸得二皇子挺身而出主持大局，壓制了其他野心勃勃的皇子與世家，這才讓朝廷免於動盪。

後來皇上駕崩，二皇子順理成章當了新皇，身爲二皇子妃的堇瑤亦成了皇后。後來堇家破敗、堇青投河自盡時，堇瑤依然在后座上坐得穩穩的。如果說堇瑤是「主角」，那她的確是成功當上人生大贏家。

而堇瑤成功的第一步，便是阻止了原主私奔。

因爲原主要是私奔成功，那麼便只能由堇瑤代替原主嫁到陸家。再仔細想想，成親那天陸世勳被蠻族刺殺，堇瑤又沒有堇青的醫術可以把人救回來，所以陸世勳應該是死了，那堇瑤便會成爲寡婦。

才剛成親丈夫便被殺，堇瑤的處境必定十分艱難，這一切都是原主害她的。要是堇瑤是個重生回來的人，曾經經歷過這麼坑妹妹的人生，也難怪堇瑤這麼怨恨原主了。

同時這也解釋了爲什麼堇瑤會那麼熟悉陸家，又知道原主擁有一枚救命丹藥。想到也許不只原主經歷過的那一世，就連堇瑤代嫁的那一世，陸世勳也是死亡的下場，堇青心裡便有些不舒服。

懷著堇瑤是重生回來的猜測，堇青不動聲色地陪在堇瑤身邊。看到對方的目光一直緊緊追逐著素來不露山水、就像個透明人般的二皇子，眼中滿是志在必得的野心時，堇青對這個猜測更加確定了幾分。

堇青笑著詢問堇瑤：「妹妹，妳覺得那位沐公子如何？」

「啊？」堇瑤一臉莫名其妙，不明白堇青爲什麼會忽然說起沐公子。她並不太看得起沐家，「皇商」二字說得好聽，本質不還是低賤的商人嗎？

堇青小聲說道：「娘親打算讓妳嫁入沐家呢！要不要我找個機會，讓妳與沐公子獨處一下？」

「什麼？娘親要讓我嫁入沐家？怎麼可能！」堇瑤完全不相信堇青的話，心想自家這麼顯赫，怎會要她嫁給一個商人？

堇青解釋：「眞的，我沒有胡說……」

然而不待堇青多說什麼，堇瑤便打斷了她：「夠了，妳別亂說來敗壞我的名聲，也別再跟著我了！」說罷，堇瑤便生氣地快步離開。

堇青一臉傷心難過，心裡卻樂得甩下堇瑤去與陸世勳一起賞花。不過去找陸世勳之前，堇青先去找堇夫人告狀。

正與眾夫人言談甚歡的堇夫人，看到前來找自己的堇青並沒有與堇瑤在一起，頓時心感不妙，領堇青走到一旁說：「青兒，怎麼只有妳一個人？瑤兒呢？」

堇青嘆了口氣，道：「娘親，妹妹知道家裡打算讓她嫁到沐家後，發了好大的脾氣，還誤以爲是我故意散布謠言來抹黑她，所以把我趕走、不讓我跟著她了。我覺得……我覺得妹妹不太看得起沐家，還是別勉強她了吧？」

堇夫人聞言不禁氣堇瑤不知天高地厚，現在她的名聲並不好，誰都說她是刁蠻任性、連親姊姊都陷害的歹毒女子。雖然以堇丞相的權力，不少人都要賣他面子，眞的要讓堇瑤嫁到位高權重的人家也不是不行。只是堇夫人擔心那些人家會看輕堇瑤，這樣堇瑤嫁過去眞的會幸福嗎？

何況沐家並不差呀！家境厚實，家庭成員簡單，就是商人的身分有些上不了檯面。但別人可不會拿這些事情擺到明面去說，自家夫君與沐家家主談話時也要客客氣氣呢！

再加上沐家的權勢不及堇家，也會顧慮著堇家而善待堇瑤，這可是堇夫人爲小女兒精挑細選出來的親事。

要是堇家不是眞的疼孩子，爲了聯姻大可以把女兒嫁出去後，拿到好處便不再理會女兒死活。然而偏偏她這份慈母心，堇瑤卻毫不領情。

如果說堇瑤拒絕的原因是不喜歡沐家公子的人品那也罷，偏偏她卻是看不起沐家的皇商身分，認爲對方配不上自己。還覺得把她與沐公子配在一起，是堇青的惡意抹黑，這想法就讓堇夫人感到很心寒了。

「罷了，既然瑤兒不喜歡，那我就找個門當戶對的人家吧，只希望她將來不要後悔才好。青兒，這次辛苦妳，也委屈妳了。」堇夫人也不想讓堇青繼續去做這吃力不討好的事情，免得到時得不到堇瑤的感謝，反倒讓二人離了心。

堇青點了點頭，隨即一臉猶豫地小聲說道：「我看妹妹的模樣……似乎對二殿下很在意……」

堇夫人皺起了眉，其他事她可以順著堇瑤，但這事可由不得她。

二皇子的身分太敏感，加上堇家一直是太子的忠實支持者，要是堇瑤當了二皇子妃，那堇家的位子就尷尬了。

「那孩子真是太胡鬧了！我知道了，我會好好看著她的。」

向堇夫人告了狀的堇青心情大好，也沒有再湊到堇瑤面前去討人厭的心思，便打算去找陸世勳一起賞花。

誰知道她只是想當個安安靜靜的美少女，麻煩卻找上門。

一名侍女拿著解暑用的冰塊經過她時突然手滑，潑了堇青一身的冰。天氣實在炎熱，冰塊落到堇青身上後立即留下明顯的水跡。

「對不起！我不是故意的！請跟我來，我領夫人您去換過一身衣裙。」侍女連忙道歉，一副被剛剛的意外嚇得不輕的模樣。

「……」堇青一臉無語地看著對方表演，很想告訴她，剛剛潑冰的動作刻意、表情浮誇，演技完全不合格！

「青青妳別跟著去，那是陷阱！」團子警告。

堇青問：「是不是有個男的在隱蔽的地方等著我，只要我進去後便把我迷暈，然後讓人將我們捉姦在床？」

團子震驚了：「妳怎知道!?」

堇青道：「因為電視劇經常這麼演啊！」

團子：「……」

腦海裡與團子交流，堇青也沒有閒著，與侍女道：「不用麻煩了，我的馬車上有備用衣服。」說罷便想離開。

侍女當場傻眼，心想這人怎麼不按牌理出牌，前來賞花還帶備用衣服做什麼？

看出侍女的心思，堇青好脾氣地解釋：「我這人比較未雨綢繆。」

侍女：「……」

到底有多未雨綢繆，才連衣服也準備好了呀!?

侍女有任務在身，自然不會任由堇青就這麼離開。她連忙挽留道：「不麻煩的，衣服就在這廂房而已，比回到馬車近得多了。夫人妳的衣裙都濕了，被人看到不太好。」

得知侍女想要把她引到哪裡去以後，堇青一把抓住要引路的侍女後便往回走，直截了當地又去找娘親告狀了。

侍女再次傻眼，反應過來後想要掙扎卻發現堇青抓得很緊，一時無法掙脫。

也是那個侍女運氣不好，堇青把她拉著往回走去找堇夫人，結果堇夫人正好與長公主在說話……

「青兒，發生什麼事了？」堇夫人遠遠看到自家女兒與侍女拉拉扯扯，連忙上前詢問。長公主身爲賞花宴的主辦者，也尾隨去了解情況。

那侍女見狀，更慌張了，終於成功甩掉了堇青便想往外逃。可事情既然已讓長公主發現，又怎會容許她輕易逃走。長公主一聲令下，便有守衛把侍女抓了回來。

堇青先向長公主行了一禮，隨即解釋：「剛剛那名侍女故意潑了我一身冰塊，把我衣裙弄濕，說要領我到廂房去更衣。我覺得事情有些可疑，想到娘親在不遠處，便想找娘親陪伴我一起過去。誰知道她一看我往回走，立即便想逃跑了。」

聽到竟有人在自家府第向陸夫人出手，長公主眉頭直跳。堇青既是丞相之女，亦是陸家的媳婦，而且身上還有誥命，要是眞的在長公主府出了什麼事，那自己也脫不了責任！

長公主目光凌厲地看向了侍女，便把她嚇得直打顫。侍女此刻無比後悔自己一時貪心接了害人的勾當，竟直接栽到了長公主手裡。

堇夫人聞言，心裡一陣後怕：「幸好妳機靈，沒事就好了。」

長公主也生氣地說道：「竟然膽敢在公主府鬧事，請放心，這事我一定會給妳們一個交代！」

堇青搖了搖頭，道：「公主殿下言重了。剛剛我詢問過這侍女，她想把我引到西邊第二間廂房。公主殿下可以派人過去看看，可能能夠獲得一些線索。」

堇青一副受驚的模樣，但即使她已經嚇得臉色發白，仍是堅強地向長公主冷靜提出建議。長公主對這外柔內剛的少女很有好感，便依言讓侍衛去那間廂房確認一番。

出了這種事，堇夫人也不敢讓堇青繼續留在公主府了。她讓人叫來了陸世勳，讓他先帶堇青回家。

得知堇青竟然在剛剛差點被人暗算，陸世勳的臉色非常不好看，渾身散發著冷氣，一副生人勿近的模樣。

與陸世勳一起過來的堇仲衡得知發生什麼事情後，臉色的難看程度也不遑多讓，咬牙切齒地道：「要被我知道是誰，我一定不會放過他！」

堇青看了堇仲衡一眼，她有些惡劣地想看看對方知道眞相以後的表情。

畢竟那個幕後黑手，可是他們那位寶貝三妹啊……

因為生出了想看看堇家人得知真相後的惡趣味，在陸世勳提出先行離開的意見時，堇青堅持要留下來，說想看看到底是誰要陷害自己。

陸世勳見堇青雖然有些受到驚嚇，但並未受到實際的傷害，而他也想知道到底是誰這麼大膽對他的妻子出手，便同意了一起留下來看看。

侍衛的動作很快，侍堇青換過一身衣裳後，便見侍衛押著一個書生回來覆命。

堇夫人睜大雙目，滿臉驚訝：「天行？你怎會在這裡⁉」

看到堇夫人，洛天行的目光閃爍了一下，隨即喊冤道：「姨媽，這是誤會！我是跟著陳家公子進來的，只是逛著逛著迷了路，這才誤闖那間廂房而已！」

然而洛天行的說詞卻是誰也不相信。堇仲衡更是直接開口諷刺：「洛表哥到底是怎麼走的，迷路竟然可以迷得闖入公主府的廂房裡？」

洛天行頓時啞口無言，向堇仲衡投以充滿恨意的眼神。然而一想到自己現在的處境，卻又止不住地害怕。

將洛天行押過來的侍衛道：「我們在廂房裡抓捕到這個可疑的人，同時還發現廂房中燃著迷香。」說罷，侍衛取出一支已燃燒了一小截的香枝。

堇青擅醫，她檢驗了迷香後，蒼白著臉說道：「這迷香有催情的成分。」

眾人神色頓時一變，到了現在，誰都猜得出洛天行到底想做什麼了。

要是洛天行只是因爲迷路而闖入廂房，那廂房裡怎會燃點著迷香？而且看洛天行神智清明，他顯然早已服用了迷香的解藥。

迷香既是洛天行所置，而且還有著催情的成分，那侍女故意把堇青引進廂房，他們的目的已是不言而喻了。

想不到這書生長相頗俊，也算人模人樣的，而且還是堇家的親戚，竟然針對堇青做出此等齷齪的事，眾人看著洛天行時，眼神都帶著鄙夷。

在自己的府第發生這種事，長公主頓覺面上無光。她生氣地下令：「把這人與侍女押下去，不論你們用什麼手段，也給我把這事查出來！」

聽到長公主的話，侍女知道自己要完了，滿臉冷汗地軟倒在地上。洛天行則像抓住救命草般向堇夫人大喊：「姨媽！妳要救我！我真的是無辜的！」

然而堇夫人卻是看也不看他，任由侍衛把洛天行拖走。她只後悔當初發現洛天行深夜前往堇青的院子時，處理得不夠徹底。只是讓洛天行搬離堇家，沒有把他遠遠趕出京城，結果引來了這次的禍端！

陸世勳得知這人竟然對自家妻子動了這種齷齪的心思，恨不得立即把人廢了，一身從屍山血海中鍛鍊出來的殺氣更是盡數向洛天行釋放。

洛天行覺得自己就像被野獸咬住了咽喉似的，下一秒便會血濺當場，求饒聲更是戛然而止，甚至還被嚇得尿了褲子，一時醜態畢露。

直至洛天行被侍衛拖走後，陸世勳這才收回了殺氣騰騰的嚇人目光，向長公主提議：「事情發生在公主府，還有貴府的侍女配合，再加上那個洛天行還能夠讓陳公子出面把他帶進來。如此周詳的計畫，我覺得不只是一般的見色起意那麼簡單，而且這些事情以洛天行的身分也做不到。這要是針對我夫人、甚至是陸家或堇家，那麼接下來應該還會有其他行動。我建議先把廂房恢復原樣，暫時不要打草驚蛇，看看一會兒還會不會發生什麼。」

自家府上出了這事，長公主絕對是難辭其咎，面對陸世勳這個頭上差點一片綠的大將軍時更覺得氣短。雖然長公主私心想讓事情以風流韻事的形式結束，不想繼續鬧大，但若陸世勳堅持，她也只得應允下來。

因爲一開始的時候長公主想著把事情私了，因此衛兵去廂房抓人時也低調，審問洛天行的地方亦遠離了賞花之處，並未引起其他賓客的注意。現在衛兵守在廂房附近，果然有所發現。

以堇瑤爲首，一群小姐浩浩蕩蕩地向著廂房前進，隨即她們竟然直接闖進那間有問題的廂房裡！

如果堇青眞的被堇瑤騙進了廂房，受到迷煙影響與洛天行在房內行苟且之事，那麼她這時絕對百口莫辯了！

聽到那群闖入廂房的小姐中有自己的女兒堇瑤，而且她們之所以會進入廂房似乎還是因爲她的帶領，堇夫人心裡頓時生出強烈的不祥預感。

此時聽到長公主讓人把那些闖入廂房的小姐請來，堇夫人充滿哀求地看向堇青：「青兒，如果……」

可惜堇青正躲在陸世勳懷裡嚶嚶嚶，並未看到堇夫人讓她息事寧人的暗示。

然而哭泣的堇青沒有看過去，陸世勳卻往堇夫人看了一眼。青年眼中是無庸置疑的狠絕，堇夫人難堪地移開了視線，沒有繼續爲小女兒求情。她知道即使自己繼續遊說也打動不了陸世勳，反倒只會激怒他而已。

堇青是故意不去看堇夫人的，她知道對方在想什麼，無非是想讓她饒過堇瑤，把事情輕輕放下。即使堇夫人覺得這次堇青受了委屈，但反正她又沒有眞的受到傷害，事後再補償她就好。

可堇青並不希罕事後的補償，她只想看堇瑤受到應有的懲罰。

聽到衛兵的話後，堇仲衡也在懷疑這件事是不是堇瑤的傑作。只是他不同於堇夫人的婦人之仁，覺得要是堇瑤眞的對堇青做出這麼狠毒的事情，就應該受到應有的教訓。教訓她做事不顧後果，竟然連這麼齷齪的毒計也想得出來！

何況董夫人也不想想董瑤膽大得在長公主府中算計別人，現在被抓到了，又怎是董青自個兒不追究便能夠不了了之的事？

事情既然鬧大了，無論是陸家還是長公主，都絕不會放過那個幕後之人。

第八章・坦白

當菫瑤帶著一眾閨蜜闖入廂房，卻發現本應在廂房裡的菫青與洛天行都不在，就連早已布置好的迷香也不見時，立即心感不妙，想要往外退。

可惜她們的一舉一動早已在侍衛的監視中，在眾少女還未反應過來的時候，她們已被侍衛們攔了下來。

雖然侍衛對她們都很客氣，然而菫瑤卻依舊慌亂擔憂得面色煞白。她知道事情要糟了，洛天行之所以不在廂房，說不定是因爲他早已被抓起來，而且對方也許已經把她供出來了！

菫瑤心裡拚命想著推脫的說詞，在心裡打好腹稿以後這才安心了點，想著到時她只要死不承認，別人也沒有直接的證據證明事情與她有關。

其他女孩都出自名門，自然也不蠢。在菫瑤說看到菫青進入廂房、慫恿她們進去看看時已經覺得不妥，現在公主府的侍衛來「請」人，她們自然察覺到自己也許被對方當槍使了。

當她們來到長公主面前，得知了事情的原委，全都無法置信地看向菫瑤。

董瑤她這是要把董青往死裡整啊！順道還把董家與陸家的顏面踩在腳下，到底有什麼仇、什麼怨要做得這樣狠？

長公主問：「聽洛天行說，是陳永華把他帶進來？」

陳詠詩此刻心裡對董瑤充滿了怨懟，心想大家都是認識多年的朋友了，想不到對方竟把他們家牽扯到這種麻煩事裡。這事處理得不好，傳出自家兄長與採花賊爲伍的話，他哥哥的名聲還要不要!?

雖然因爲董丞相是父親的上司，陳詠詩一向對青兒客客氣氣，但出現這種大問題時，她可不會爲董瑤遮掩：「是董瑤拜託我的，她說想讓洛天行多認識些人，便拜託我哥把人帶進去。我哥在事前根本不認識對方，只是受人之託，忠人之事，誰知道會有這種事。」

聽到陳詠詩毫不猶豫地撇清關係，董瑤反倒把對方怨恨上了，卻不想想是她算計了陳家兄妹在先。

洛天行也把董瑤供出來了，據他的描述，是董瑤主動找他，說知道他與董青兩情相悅，無奈因爲堇青與陸世勳的婚約才無法在一起。堇瑤願意成全他們，便找機會讓他們見面，那些助興的迷香也是堇瑤爲他準備的。

至於那名侍女，則是收了別人的賄賂。只是那人卻是一個蒙了面的下人，她並不知背後之人到底是誰。原本以爲是潑對方一身冰、引一引路的簡單工作，誰知道會鬧出這麼大的事情，現在她都後悔死了。

眾人聽到洛天行與侍女的供詞後，全都明白這是堇瑤主導的一個陷阱。堇瑤感受到眾人鄙夷的眼神，連忙爲自己辯護：「洛表哥在說謊！是他找我幫忙，聲淚俱下地說想與姊姊見面，而且還說他只是想與姊姊道別，這次見面以後他便會死心，從此以後把對姊姊的愛意藏在心裡。我看他說得可憐，一時心軟，又想起姊姊與表哥的確是有些不清不楚的關係……」

「瑤兒！妳在胡說什麼!?」堇夫人喝止道。

姑且不論有關洛天行的說詞是真是假，但誰也想不到都到這種時候了，堇瑤竟然還不忘往堇青身上潑髒水……

堇青的丈夫還站在她身旁耶！這讓聽到這番話的陸世勳做何感想？

堇瑤絕對是故意的吧？

堇青一副大受打擊的模樣，滿臉哀傷地說道：「妹妹，妳怎能這麼誣衊我？我與洛表哥根本就沒有任何關係。在我成親前夕，妳故意大聲嚷嚷，誣衊我要與表哥私奔，幸好娘親正好來到我的院子，明察秋毫地還我清白。現在妳竟又故技重施，想要把髒水潑到我身上嗎？」

陸世勳聞言，把視線投往堇夫人身上，問：「阿堇在堇家時，便已經被堇瑤欺負了？」

堇瑤立時轉向堇夫人，投以哀求的視線，現在就只有自己的娘親能否定堇青對她的指控。

堇瑤辯解時太過慌張，竟忘記了堇青出嫁前的那件事情，心裡埋怨著堇青真是記恨，這麼久的事情竟然還記著，而且在大庭廣眾下說出來，是一點顏面都不給她留了嗎？真是狠心！

堇瑤知道，要是堇夫人承認了堇青的說法，她立即便會被人認定是心思歹毒的人。現在只祈求堇夫人看在她這個女兒多年來承歡膝下，相較堇青與她的感情更爲親厚的份上，能夠偏幫她一次。

看著堇瑤哀求的眼神，堇夫人不忍地移開了視線。

堇仲衡看不過眼堇瑤對自家親姊的無情無義，偏偏事發後還要打感情牌來逼迫娘親，道：「這事情我知道，青兒與洛天行那所謂的私情全都是瑤兒造謠。瑤兒嚷著他們私奔時，青兒一直待在房間裡，根本就沒有與洛天行見面。也是因爲發生了這種事情，我們才讓洛天行搬出去，想不到他卻偷偷來到了這次賞花宴要算計青兒。」

陳詠詩憤憤不平地說道：「堇瑤這人說的話完全不可信。她謊話連篇，告訴我洛天行來到京城後沒有與堇家聯絡，是因爲自尊心太強所致，誰知道這人原來是被堇家趕走的。」

雖然在這次的事情上，沒有直接證據能證明是堇瑤主使，但在場的人都不蠢，均覺得罪魁禍首就是堇瑤沒錯了。

不得不說長公主還眞倒楣，事情處理到最後，竟發現是堇家自己人下的手。最終長公主表示會處置那名侍女及洛天行，至於堇瑤，則交給堇家處理。

既然已經揪出了幕後黑手，堇青便不再久留，與陸世勳先回陸家。堇家人也覺得面目無光，灰溜溜地帶著堇瑤離去。

堇青回到陸家後，再也顧不得別人對這件事有什麼想法，因爲陸世勳自從離開公主府後便一言不發，滿臉寒霜的模樣讓堇青苦惱不已。

這次他似乎眞的生氣了，看起來特別不好哄啊……

堇青嬌怯怯地牽著他的手，道：「別生氣了，我們下次再一起賞花吧。」

陸世勳似乎心情仍然很惡劣，但看到妻子小心翼翼地哄著自己的模樣，他還是柔和了神色，嘆了口氣：「妳知道我生氣的不是這種事情。」

堇青聞言勾起了嘴角：「我知道你是心疼我，但我也心疼你這麼生氣。我們說些高興的事吧！比如先前研究的藥，我已經有進展了。」

此時堇青提供出來的傷藥，已經開始在民間與軍隊廣泛應用了，同時廣爲人知的還有這位將軍夫人的仁德與醫術。

眾人都讚揚陸將軍保家衛國，他的夫人竟也是毫不遜色，用著另一種方法來保衛著國家。

堇青有著來自現代的超前眼光，因此更能把原主的一身醫術好好施展。這段時間她除了治療陸家父子及管理中饋外，也沒有閒著，一直在鑽研醫術，同時亦研究著實用的新藥物。

每一次穿越，堇青都經歷了一段新的人生，同時還能夠獲得原主的記憶與技能。而這些對於堇青來說，都是不得了的財富。比如這一次她所得到的醫術，在往後的穿越中也許便能產生很大的用處。

正所謂知識便是力量，堇青既然有了這種奇遇，又怎會浪費這麼好的機會。因此她除了推動任務的進展，偶爾與陸世勳談談情外，其他時間都在努力提升自己的醫術。

對於終會離開這個世界、繼續其他人生的堇青來說，財富與權力都是虛的，只有獲取的知識才是確確實實屬於自己的東西。

聽到堇青帶來的好消息，陸世勳的心情果然好轉不少。只是他心裡依舊記恨著堇瑤對堇青的多次針對與欺侮，暗暗決定如果堇家包庇堇瑤的話，那他就找機會自己下手，絕不讓自家媳婦白被人欺負去！

與堇青的好名聲相反，堇瑤也出名了，可惜卻不是什麼好事。

如果堇青中了堇瑤布置的陷阱，自然是身敗名裂的下場。別人都會說是堇青水性楊花，不會想到竟是有幕後黑手推動著這事情。偏偏堇青卻不按牌理出牌，竟然直接把事情鬧大，結果堇瑤一下子就被人供了出來。

「堇丞相知道事情後大怒，把堇瑤送到白馬寺去了。說是堇瑤戾氣重、性格頑劣，讓她在白馬寺好好修心養性一番，雖然沒有讓她直接出家，不過什麼時候把人接回家就不知道了。」團子幸災樂禍地向堇青報告。

「活該。」菫青在心裡竊笑了聲，菫家的這個懲罰算是很重了。把人送到寺廟可說是變相的監禁，也不知道什麼時候才會被放出來。

何況菫瑤還被父親判評爲「戾氣重、性格頑劣」，從此以後只怕京城中稍微有頭有面的人家也不會娶她，菫瑤這輩子算是毀了。

雖然要較眞的話，若菫瑤的毒計眞的實行成功，那菫青的下場只會比她更加淒慘。不過菫青也不打算斤斤計較地追究下去，算是給菫家面子，也好展現一下她的善良大度。

團子繼續報告：「菫丞相好好安撫過陳家父子，不過菫瑤與陳詠詩的友誼是到頭了。其他閨蜜看到菫瑤連關係最好的陳詠詩都能不留情地利用，誰也不想再跟她交往，以免將來被反咬一口。至於菫家，除了菫夫人對她還有些舊情外，菫家父子都對菫瑤完全失望，菫瑤已可說是孤伶伶了。」

菫青問：「外界對這件事情的觀感呢？」

團子道：「當然是覺得青青妳英明神武，敏銳地察覺到侍女的不尋常，都覺得妳超厲害的。」

堇青閒閒說道：「並不是我厲害，只是這些手段都是言情小說用剩的梗，人生盡是套路啊！」

與鏡靈說笑了一會兒，堇青便把堇瑤拋諸腦後，開始專注與陸世勳培養感情。

被堇青多次撩撥，陸世勳也發現自家妻子對他的態度變得親近，先前那種若即若離的感覺已逐漸消失了。

其實陸世勳的傷勢早已沒有大礙，要與堇青圓房也不是不可以。只是他總敏銳地覺得堇青對此似乎很抗拒，想多給堇青一些心理準備的時間，所以並沒有把此事提出來。

可現在堇青對他的態度變了，陸世勳便開始蠢蠢欲動，這一晚二人要睡覺時，陸世勳熾熱的目光眨也不眨地盯著堇青看。

堇青並不是個糾結的人，既然覺得陸世勳不錯，兩人更是已經成親了，有親密的接觸也是件水到渠成的事情。

只是在此之前，她有件事一定要先看對方的態度：「世勳，你喜歡孩子嗎？」

聽到堇青的詢問，饒是以陸世勳的淡定，也感到呼吸一窒，有種守得雲開見月明的感覺。

阿堇問我喜不喜歡孩子！

難道她已經準備與我要孩子了？

陸世勳心想陸家人口簡單，孩子什麼的自然是多多益善，又怎會不喜歡。不過他也不想給堇青太大壓力，便道：「要是能夠與妳擁有一個血脈相連的孩子，我當然是高興的。」

不擅言詞的陸世勳在面對自己喜歡的女生時，也無師自通地懂得了甜言蜜語。很矜持地表達出他喜歡的是堇青的孩子，而不要別的女人的，婉轉地向伴侶表達出忠心。

然而堇青聽到陸世勳這話卻沒有絲毫的高興，只有滿心苦澀：「我們這輩子不會有孩子的。」

陸世勳還以爲自己聽錯了：「什麼？」

堇青解釋：「我無法生育，所以你與我在一起，我無法給你一個繼承人。」

頓了頓，堇青續道：「我也無法與其他女人一起分享丈夫，如果你想要孩子的話……我們便和離吧。」

堇青在這個小世界中確實無法生育，她本就不是這個世界的靈魂，只是在萬華鏡的幫助下取代了註定死亡的原主的一縷孤魂。

堇青本就不屬於這個世界，要是她在這個世界生出孩子，那便等同於創造一個全新的靈魂。無論是堇青還是鏡靈，都沒有這種神通，因此堇青與陸世勳在一起，這輩子註定了不會有孩子。

陸世勳總算從巨大的震驚中恢復過來，緊張地詢問：「妳無法生育，這對身體會有什麼影響嗎？」

堇青有些意外，陸世勳在得知眞相後最先關心的竟然是她的身體，這讓堇青心裡充滿了暖意。

她原本以爲自己對陸世勳只是有些喜愛而已，可是在面臨離開這個男人的選項時，堇青才發現對他的喜歡比想像中的更多。

身爲影后，堇青有著眾多追求者，遊歷過不少異世界的她也遇過很多不同的人，經歷了不同的生活。然而陸世勳是第一個讓她心動的人，也是第一個讓她生出了共度一生心思的人。

然而心裡再捨不得，堇青還是有著自己的尊嚴。無論是故意隱瞞著陸世勳，還是讓對方納妾生孩子，對她來說都是不能接受的事。

堇青覺得既然決定了與對方在一起，這麼大的事情自然不能瞞著。要是陸世勳無法接受的話她也理解，堇青明白對古代人來說，子嗣的重要性，到時他們便好聚好散地和離好了。

現在堇青已經展現了她的價值，即使和離，她也有信心能夠憑自己的實力完成任務。至於再成親什麼的，完成任務後她可以選擇立即脫離這個小世界，只要多撐一陣子就好。

向陸世勳坦白時，堇青雖說讓對方選擇，但她其實覺得陸世勳是不會選她的。畢竟在這個時代，孩子便代表著希望，也代表著家族的榮耀與血脈能夠傳承下去的意義。即使陸世勳不介意，陸老將軍與老夫人也絕對無法接受陸家的血脈就到這一代斷絕。

「我明白了，這件事交給我處理。」陸世勳道。

堇青聞言心裡嘆息：「我們才剛成親不久，現在和離會不會太快？至少待爹的腿可以正常走路……」

陸世勳皺起眉頭，一臉不快地打斷了她的話：「妳想與我和離？」

堇青愣愣地「啊」了聲：「你不是說要處理與我和離的事嗎？」

陸世勳一臉無奈：「我是在說孩子的事，這事我會處理，不會讓妳難爲的。」

堇青想不到陸世勳在「和離」與「斷子絕孫」之間竟會選擇後者，她有點茫然地不敢相信，同時也很好奇陸世勳到底會怎麼做。

然而陸世勳只說把事情交給他後便終止了這話題，害堇青整晚都睡不好，隔天起來還有了黑眼圈。

吃早飯時，老將軍看著兒媳的熊貓眼，道：「你們年輕人可悠著點，別傷了元氣。」

堇青聞言，一時間反應不過來，過了一會兒總算明白老將軍的意思，臉頰頓時紅了起來。

難道老將軍以為她之所以精神不濟，是因爲晚上與陸將軍大戰三百回合嗎!?

團子在旁看得歡樂：「哈哈哈哈！」

陸老夫人也勸說：「這種事情過猶不及，你們還年輕，可不急著要孩子。」

聽到「孩子」二字，堇青垂下眼簾，心情突然失落起來。

陸世勳看了堇青一眼，隨即淡然說道：「不會有孩子。」

堇青的心頓時提了起來。

只聽陸世勳續道：「我在邊關作戰時受了傷，從此以後不會有子嗣。」

老將軍與老夫人驚呼：「什麼!?」

堇青心想幸好她剛剛沒在喝水，不然必定忍不住噴出來！

無論如何她也猜不到，昨天陸世勳所說的方法竟然是這樣！

這傢伙一臉正經地胡說八道，竟直接把生不出孩子的責任攬到自己身上了……

「我曾經在戰場受過傷，於子嗣有礙，這輩子不會有孩子了。」陸世勳好脾氣地重覆了一次，看著眾人震驚的神情，陸世勳依然一臉淡定，頗有皇帝不急，急死太監的意味。

「這麼大的事，你這小子竟然現在才告訴我！」老將軍怒了。

陸世勳道：「我這不是不想讓你們擔心，想先找找看有沒有治療的機會嗎？只是連阿堇都沒辦法治好我，那就也只能認命了。」

老將軍與老夫人不愧是經過大風大浪的人，此時都淡定了。雖然沒有親孫子抱有點失落，可是這種事情最難過的人要數堇青與陸世勳。何況陸世勳也是爲了家族的榮耀、爲了守護國土而受傷，而且還是傷在男人要命的地方，既然如此，他們又怎能苛責於他？

幸好兒子心大，看情況已經接受了這事實。只是堇老夫人擔心堇青接受不了這事情會生出和離的心思，連忙安慰：「青兒妳放心，我們可以在分家抱養一個孩子從小培養，抱到身邊養大的孩子與親兒子也差不了什麼。」

看著老夫人一副深怕她嫌棄自家兒子的模樣，堇青無奈又感動。陸世勳果然說得出做得到，果眞是一丁點也沒有讓她爲難，反而還讓兩名老人對她歉疚萬分。

嫁到陸家這段日子，陸家兩老都對堇青很好，隱瞞了他們這麼大的事情堇青心裡也很過意不去。只是陸世勳都開口向堇青表達出想與她在一起的決心了，堇青也不會說破這謊言。

只是聽到陸老夫人說及抱養分家的孩子時，堇青靈光一閃，突然想到她也許可以用其他方法來報償陸家。

於是堇青微笑著建議：「收養回來的孩子終究有著自己的親生父母，讓別人骨肉分離也是於心不忍，爹娘何不再爲世勳添一個弟弟？」

第九章・入門為妾

聽到堇青的話，陸家兩老的反應比剛剛聽到兒子不育還要震驚，就連陸世勳都是目瞪口呆的模樣。

這建議說出來以後，堇青愈想愈覺得可行。雖然陸家兩老在古代人的認知中算得上是老人，但其實兩人都只是四十多的年紀。只因爲在古代醫療落後，人們的營養又未必足夠，因此人民平均壽命都不長。又因古代人早早成親生子，因此四十歲的年紀很多已經連孫子都有了。

但在堇青原來的世界，年過四十卻仍生子的高齡產婦比比皆是。只要小心看護，也不是無法安穩地生下孩子。

陸家家底豐厚，營養什麼的自然不缺；再加上堇青高超的醫術支持，相信讓陸老夫人再懷上一個孩子並平安產下來並不難。

堇青把這些事情仔細分析給他們聽，兩老頓時心動了。

這段時間忙著爲陸家父子治療，堇青也沒把老夫人落下，亦有爲她調理一番身體。現在兩老都覺得精神奕奕，身體也輕盈了不少。原本開始出現灰白的頭髮甚至還逐漸變回黑色，頓覺自己也彷彿變得年輕。

所以、或者、可能……再要一個孩子，也不是那麼驚世駭俗的事情？

陸家二老都很喜歡小孩子，可惜以前蠻族太能折騰，老將軍忙著在邊境打仗，他們聚少離多沒那個時間與條件多要孩子。現在有這個機會，還可以減輕陸世勳夫婦無子的壓力，何樂而不為呢？

於是這事情便這麼愉快地確定了！

團子看著陸世勳與堇青一連串神操作所帶來的結果，都看得目瞪口呆了，敬仰之情有如滔滔江水，連綿不絕……

▲▲▲

於是在接下來的時間，堇青便更加忙碌了。邊忙著為老將軍治腿，以及繼續研發有用的新藥外，更要為堇老夫人調理身體，務求讓她的身體能夠以最佳狀態來迎接新生命。

除此之外，堇青也沒有忘記與陸世勳好好培養感情，這一事上陸世勳的表現實在太好了，好得完全超出了堇青的預期。對方這麼有誠意，堇青還糾結什麼呢？這麼用心維護著自己的戀人，堇青自然是笑納了。

眼看著陸世勳的傷勢已好全，堇青便在某夜毫不猶豫地要求與對方圓房了。

到了現在，陸世勳已經確定了自家看起來柔弱的妻子是頭披著羊皮的狼，雖然這只是陸世勳的感覺，他也沒有特意去證明，然而每次別人想要算計堇青，最終倒楣的卻都是對方，這結論已經不言而喻了。

然而即使陸世勳已經有了堇青並不簡單的心理準備，但當她一臉期待地告訴他，現在身體已經痊癒、可以圓房時，陸世勳還是覺得自己太小看這位小妻子了。

原來她竟是個如此熱情奔放的姑娘！

再加上堇青雖然沒有經驗，但在資訊發達的年代應有的知識還是有的。相較於陸世勳這位「高齡處男」，堇青簡直就是個老司機，他都被對方的大膽開放給驚呆了！

平常羞澀溫柔的妻子，熄了燈後突然變了一個人，陸世勳心裡……有些喜孜孜？

同樣地，堇青對於陸世勳的體能感到很滿意，兩人無論靈與慾都非常契合，成爲了名符其實的眞夫妻後，他們的感情更是一日千里。

在老將軍的腿能夠與常人無異般地行走時，堇老夫人也終於如願懷上了！

眾權貴得知陸老夫人竟然懷孕時，都以爲自己聽錯了。再三確定消息的眞僞後，八卦之心立時熊熊燃燒起來，不少婦人都前來陸家拜託。即使是那些平常沒有往來的夫人們也厚著面皮找些藉口前來，想要看看這位老蚌生珠的神奇夫人。

結果看到彷彿年輕了十多歲的陸老夫人時，眾婦人均是驚爲天人。不少婦人興致勃勃地詢問老夫人的保養方法，以及這年紀能夠懷上子嗣的法子。

得知這都是堇青爲她調理的功勞，堇青在她們眼中的地位頓時水漲船高。雖然早就知道對方醫術了得，然而陸老夫人的例子卻仍讓她們吃驚。

無論是容貌還是子嗣，皆是上流社會婦女最爲重視的事物。這些夫人小姐們紛紛與堇青交好，堇青完全打響了自己的知名度。

如此一來，堇青也算愛情事業兩得意了，她問團子：「任務還未算完成嗎？」

團子奶聲奶氣的聲音頓時響起：「未完成喔！仍未完全擺脱原主身敗名裂死去的可能性。」

堇青想到那個與堇瑤狼狽爲奸的二皇子，心想也許只是弄倒堇瑤並不算什麼，二皇子才是重點？

不過她一個已婚婦人，平白無故地去找二皇子麻煩絕對是找死的行爲，因此堇青便打算繼續觀望。反正二皇子要對付陸家與堇家的話，她總有反擊的機會。

她以不變應萬變，好好保住太子就好。

結果堇青以爲已經被ＫＯ掉的堇瑤，卻再次死灰復燃地冒了出來。

才剛討論過任務完成度的事情不久，隔天一早，團子便激動地向堇青報告：

「堇瑤與二皇子好上了！」

「好上了？好到什麼程度？」堇青震驚了，心想堇瑤不是還被困在白馬寺吃素唸佛嗎？

團子答：「他們都爲愛鼓掌過啦！」

「……」堇青已經不知道該爲堇瑤高強的行動力而驚歎，還是該吐槽團子用孩子的聲音說這種話有多詭異。

根據團子所說，白馬寺每到夏季都會有一片盛開燦爛的紫薇花，每到紫薇花開的季節，便會吸引大批遊客前去賞花，而二皇子正是賞花客之一。

結果二皇子在白馬寺迷路，不小心便闖入了堇瑤所在的院子。

誰知兩人聊著聊著便對上了眼，郎有情，妾有意。二皇子後來多次偷進院子與堇瑤幽會，一來二往二人便好上了。

堇青聞言冷笑。

她才不相信二皇子眞的是不小心迷路才與堇瑤偶遇呢，只怕這都是他處心積慮的結果。

皇上很信任太子，而太子也是有才能的人，其他皇子從小到大都只是太子的陪襯而已。

直至現在，皇上仍是對太子這個儲君很滿意。要是無權無勢的二皇子眞的覬覦著皇位，那他就得要另闢蹊徑才行。

比如色誘重臣之女……

在堇青看來，二皇子這色誘計畫很成功，看堇瑤不就傻乎乎地踩進去他所編織的情網，無名無分便把身子交給他了嗎？

只要二皇子把堇瑤失身一事透露出去鬧得人盡皆知，到時堇家再不願，也只能認下二皇子這個女婿。

有了姻親的關係，二皇子便與相府成了天然的聯盟。相府不但與太子那方的勢力離心，還會成爲二皇子最大的籌碼。

至於堇瑤，堇青覺得她怎樣也不像個爲了眞愛而輕易交出身子的人。堇青更加傾向於堇瑤是個重生者的猜測，認爲堇瑤早已知道最終是二皇子坐上皇位，這才輕易投向對方的懷抱。

其實堇青的猜測並不全部正確，但也相去不遠。

堇青所穿越到的是一個言情小說的小世界，堇瑤的確是身爲小說主角的存在，然卻並未如堇青所猜測般是重生的設定。堇瑤的主角金手指是她作了一個預知夢，在睡夢中夢見了未來會發生的事。

在堇瑤預知的夢中，堇青逃婚，她只得頂替對方嫁進陸家，結果陸世勳卻在成親這天遇刺身亡。堇瑤不僅成爲寡婦，還傳出她命裡剋夫的閒言閒語，說她才剛進門便把陸世勳剋死了。原本陸家並不介意她再嫁，但這傳言一出，反而誰也不敢娶她了。

至於堇青呢？在夢中堇青與洛天行私奔，過了一段時間後大著肚子回來向父母請罪。堇丞相夫婦終究疼惜女兒，便認了洛天行這個女婿。堇丞相多番提攜洛天行，洛天行也因爲這層關係而對堇青非常疼愛。

當初一個與情郎私奔，一個代姊出嫁，可最後堇青的生活卻是比堇瑤好得多。

後來太子病薨，二皇子登基，這人睚眥必報，對於當年堅定擁護嫡系的相府與鎮南將軍府懷恨在心。相府勢大他不方便動，便拿陸家人出氣。堇瑤作爲陸家媳婦，只能在京城夾著尾巴做人，而她之所以會落得如此下場，都是因爲堇青害的！

當時堇瑤大夢醒來時，只覺那場夢實在太眞實了，甚至令她一時間分不清楚夢境與現實，讓堇瑤對那個夢耿耿於懷。

接下來堇瑤細心留意，竟發現往後發生的事情都與夢境一模一樣，印證了那個夢境的眞實性。

因此堇瑤才會處處針對堇青，想報夢中自己因爲堇青而引發連串不幸的仇。同時，堇瑤因爲知道將來最後是誰坐上皇位，便生出了當人上人的野心，一直想辦法勾搭上二皇子。

現在堇瑤成功搭上了二皇子，心裡正躊躇滿志地作著當皇后的美夢，卻不知她與二皇子的私情早已被堇青知曉。

「青青，快些趁著堇瑤與二皇子還未有任何動作前，先發制人讓堇家把堇瑤嫁出去吧！」團子興致勃勃地提議。

堇青卻有不同的想法，只見她勾起嘴角，眼中閃爍著狡黠的光芒：「不，我才不當那個棒打鴛鴦的惡人呢！既然堇瑤那麼渴望嫁給二皇子，那便成全她好了。」

得知堇瑤與二皇子的事情後，堇青便趁著堇丞相休沐那天特意回娘家，把堇瑤與二皇子的事情告知了父母。

當兩人得知堇瑤竟然在白馬寺也不消停，還失身於二皇子，都大驚失色。堇丞相更是怒不可遏地罵了聲：「我沒有這麼不要臉的女兒！」

堇青嘆了口氣，柔柔地說道：「這件事是世勳的部下無意中發現的，世勳說二皇子最近動作頻頻，顯然野心不小。這事……也許是二皇子處心積慮的結果。」

堇丞相一開始是爲堇瑤不愛惜自己而生氣，然而經堇青這麼一說，他立即便想到這事情除了損害堇瑤的名聲外，還有著更惡劣的影響。

丞相這個位子本就高處不勝寒，對堇丞相來說，與其說他是站在太子那邊，倒不如說他是依照陛下的期望而站隊。若堇家與二皇子成了姻親，那麼堇丞相所處的位置便會變得很尷尬，甚至會因爲與二皇子的關係而變得舉步艱難。

堇丞相夫婦很重感情，即使堇瑤在公主府鬧出這麼大的事，讓堇家顏面全失，他們也沒有完全放棄這個女兒。只把她送到白馬寺好好反省，打算待兩年後人們已經淡忘了這件事情，便替她找戶好人家遠遠嫁出去。

然而堇瑤竟然死不悔改，還打上了二皇子的主意！

這是堇家無法承受的危機，堇丞相是愛護兒女沒錯，但若是得以家族的安危爲代價，那麼他也是狠得下心捨棄這個女兒的！

堇夫人看到堇丞相的表情，就知道丈夫已經下了捨棄堇瑤的決定，然而這次堇夫人再也沒有替堇瑤求情。

堇夫人也是知輕重的，哪怕再疼愛這個女兒，卻也不至於要拿一家子的安危作代價來保住她。

「妹妹這次實在太任性了，只是事情涉及二皇子，萬一他把事情鬧大，讓別人都知道妹妹失身於他，我們再不願意也只得讓妹妹嫁給他。爹，您打算怎麼辦？」堇青憂心忡忡地詢問。

堇丞相冷哼了聲：「堇家的女兒不入皇家，亦絕不爲妾！」在婚前失貞的女子又怎能成爲皇妃？二皇子平白得了一個美妾，還多了相府當奪嫡的籌碼，世上哪有這麼好的事情？

堇夫人也表示：「趁事情還未公開，我立即將瑤兒遠嫁。」

「這樣不妥。」堇青道：「在賞花宴的時候我便注意到妹妹一直關注著二皇子，一副早已情根深種的模樣。要是妹妹在遠嫁途中逃掉，那麼事情便會一發不可收拾。」

夫婦二人不得不承認堇青的話有理，對於這個小女兒的折騰能力，現在他們是一點都不敢再小看了。

即使堇瑤只是個弱女子，沒有逃跑的能力。但既然二皇子瞧上堇家的勢力，又怎會不關注著堇瑤？只怕他們才打算偷偷將人送走，二皇子便立即把關在白馬寺的堇瑤放了，並且大肆宣揚堇瑤失身一事，讓堇家不得不將小女兒嫁給二皇子。

現在二皇子之所以不把事情宣揚開去，大約是因爲這事情終究上不得檯面。宣揚了不單堇瑤名聲盡毀，對二皇子也有一定的影響。他打算先看堇家會不會屈服，主動把失貞的女兒嫁給他罷了。

堇青建議：「我們堇家要是與二皇子聯姻，到時必定被推到風尖浪口上。然而如果妹妹已不是堇家的女兒呢？」

堇青的話讓堇家夫婦茅塞頓開。雖然堇瑤做出這種糊塗事，有怎樣的結果都只能說她活該。但虎毒不食子，二人做不出讓堇瑤「病逝」這種事情。可經堇青提醒，其實不用眞的讓堇瑤死去，只要讓別人都以爲「堇瑤」已經死去就好。

之後堇瑤想怎樣，就由她吧，只要不連累到堇家就好。

既然已經有了決定，堇丞相出手雷厲風行。這天下午便傳出了堇瑤的死訊，說是患了急病病逝了。

同一天，二皇子府的側門抬了一頂小轎進去。素來沒什麼存在感的二皇子不聲不響地納了一個妾，這種小事在權貴中掀不起任何水花。

當堇瑤被送入二皇子府，還一時回不過神來。不久前因為成功搭上了二皇子而躊躇滿志的自己簡直就像個笑話一樣。

二皇子對此也深感不滿，想不到堇家的反應這麼快、也這麼決絕，毫不留情地把堇瑤這個堇家三小姐的身分與死亡畫上了等號。要是沒有了身後的堇家，堇瑤就什麼也不是了。

不過二皇子仍是抱著些微的希望，反正人都納了回來，把人哄著說不定將來還有用處。於是二皇子待堇瑤一如以往地溫柔，大大安撫了堇瑤被家族捨棄的彷徨與迷茫，二人倒是濃情蜜意得很，簡直就比一般的新婚夫妻更加甜蜜。

只是這種源自於算計的感情到底有多少分是真的，就只有當事人知道了。

相較於堇瑤與二皇子那彷彿鏡花水月般一戳就破的愛情，堇青與陸世勳的感情卻是真正愈發地穩固。

既然堇瑤已經「病逝」，變成了二皇子府中一個小小的妾室，暫時應翻不出大風浪，因此堇青便不再關注她。

沒有了堇瑤的處處針對，堇青這段時間可謂事事順心。也有閒暇梳理一下接下來將會發生的事情。

根據原主的記憶，這一年的秋天發生了兩件大事。

第一件是太子的房間裡被搜出藏有龍袍，雖然皇上並未因此事而廢太子，但這事情卻令太子聲譽大降，取而代之的是二皇子的崛起。

第二件，則是蠻族的刺客在皇家秋獵時闖入了狩獵場，暗殺眾多處於狩獵場的權貴。雖然衛兵反應過來後迅速救援，可仍出現不少傷亡，太子也在那場災難中不幸被殺。

最疼愛、也最寄予厚望的兒子死去，皇上悲痛之下身體一下子便垮了。全仗二皇子主持大局，國家才沒有亂成一團。

病重的皇帝不久也駕崩了，皇位順理成章便落到二皇子手上。

這兩件事無論堇青怎麼看，都覺得二皇子很可疑呀！

太子作爲儲君非常出色，又受皇上重視，只要不出大錯，皇位總會落到他身上。太子怎樣也不像個沉不住氣、會在自己房間裡私藏皇袍的人。這事情十之八九是被人陷害的。

而皇家狩獵場守衛森嚴，當時混進去的蠻族人數並不少，要說沒有內鬼幫忙，誰也不相信。宮廷的陰謀詭計堇青並不擅長，但只要看看這些事情到了最後到底是誰得益，堇青也能大致猜到誰是幕後黑手了。

二皇子並不是一個有器量的君主，登基後致力剷除京城中的大家族，把當時爲皇后母族的堇家視爲眼中釘。堇青要完全改變原主的命運，最後一步便是阻止二皇子上位。

何況本應死去的陸世勳因爲有堇青的介入，並未在成親時死去，那麼這次秋獮的守衛便會由作爲鎮國將軍的他來負責。要是太子眞的在這次秋獮中被殺，那麼負責狩獵場護衛的陸世勳也必定落不了好。因此於公於私，堇青都不能讓二皇子的陰謀得逞。

堇青無法直接告訴陸世勳這些事情，可是她相信只要讓他及太子對二皇子生出警戒，那麼二皇子便絕對不會是他們的對手。

於是這天陸世勳回來的時候，堇青便與他說起堇瑤的事：「世勳，我心裡總有些不安。我的妹妹是個利益至上的人，這麼說也許對二皇子有些不敬，不過以妹妹的性格，即使二皇子貴爲皇親國戚，她也理應不會看上沒權沒勢的二皇子才對。只是妹妹卻削尖了腦袋也要當二皇子的女人，甚至與對方無媒苟合也在所不惜，我愈想便愈覺得不妥。難道平常無所作爲二皇子，在妹妹眼中是個很有潛力的人？她會不會是知道些什麼，這才對二皇子另眼相看？」

聽過堇青的分析，陸世勳也覺得有些奇怪，便道：「我會向太子殿下提醒一下。」

堇青頷首，憂心忡忡地繼續點撥：「二皇子的母族並不得勢，手中沒有太多權力。如果他眞的要對太子殿下出手，應該也只能來暗的。正所謂明槍易擋，暗箭難防，你們要小心。」

見堇青爲自己擔心，陸世勳眼中閃過一絲柔情。擁住她，感受著懷中的溫暖，陸世勳素來冷冰冰的嗓音難得柔軟起來：「別擔心，這件事我會處理好的。」

第十章・秋獵

既然心裡對二皇子起了疑，陸世勳便派人查探一下這位素來沒什麼存在感的二皇子。結果一查不得了，竟發現二皇子不但暗地裡拉幫結黨，而且還與蠻族有所聯繫！

看著二皇子與蠻族勾結的蛛絲馬跡，陸世勳甚至開始懷疑，他成親那天蠻族刺客之所以能成功混進賓客裡，也許也是二皇子的手段。

如果二皇子眞的與蠻族有所勾結，那麼事情便很嚴重了。

可惜二皇子行事很小心，再加上陸世勳害怕打草驚蛇，不敢深入調查，因此只能找到些微痕跡，暫時一切都只是他的懷疑而已。

然而這對陸世勳來說卻已經足夠，要是二皇子眞的有著這麼大的野心，他終有天會露出馬腳。以往是他們對二皇子沒有防備，但在有所警惕下，陸世勳並不認爲二皇子能夠掀起多大的風浪。

陸世勳雖然未能找到能把二皇子定罪的證據，但他也沒有挾藏著，把此事告知了太子。同時他又想到堇青說過二皇子出手的話很可能會來陰的，便讓太子多注意一下。

太子防患未然，回去以後便搜查了一番自己的府第。結果還眞的讓他找到些不好的東西出來！

看著眼前插了幾支釘、上面還有一張用血寫著生辰八字的布的草人時，太子頓感四肢百骸都變得冰冷起來。

那用血寫成的生辰八字，是皇帝的。

厭勝之術從來都是令人忌諱的東西，要是傳出他堂堂太子利用厭勝之術來詛咒皇上，他的名聲立即便臭了，這髒水怎樣也洗不清。

想到這東西某天會被人從他的房間搜出來，到時他只能百口莫辯，太子便後怕萬分。

太子臉色難看地看著這個從他房間裡搜出的草人，正想要把這草人燒燬，卻不期然地想起了曾聽說過的、堇青在賞花宴被弄濕了衣服後的處理方式。

太子沉思片刻，將草人毀掉的想法消除了，改爲拿著這東西去找皇帝哭訴去！

當皇帝看到太子將草人拿到他眼前，並且一臉委屈地把前文後理都敘述了一遍給他聽以後，神情莫測地看向這個他最爲驕傲的兒子，問：「你就這樣把東西拿過來給我看？不怕我遷怒你麼？」

太子坦然與皇帝對視，道：「這件事既然不是兒臣做的，兒臣問心無愧。何況這東西雖然眞正針對的是兒臣，但上面寫著的是父皇您的八字，幕後黑手顯然也有害父皇之心。要是擔心連累自己而把這東西偷偷燒掉，父皇對此沒有了防備，豈不是兒臣的不孝？」

別看太子這番話說得冠冕堂皇，但其實他原本是想將草人燒燬的。只是在要下手的瞬間，神差鬼使地想起堇青賞花宴時的做法，這才改變了主意。

有事當然找高個子的頂著，把陰謀暴露在陽光下而不是掩蓋隱藏，也許反而有著奇效。遮遮掩掩的話，萬一將來被揭露，反倒容易讓人有惡意的猜測。

太子在賭，賭父皇對自己的器重與愛護！

而皇帝也沒有讓太子失望，太子這麼坦蕩蕩地直接把草人拿給他看，反而讓皇帝更相信太子的無辜，同時也爲兒子的孝心所感動。

皇帝與太子商議過後，一致認爲那人既然使出這種見不得人的離間手段，顯然這幕後之人的勢力不足以與太子抗衡。因爲無法正面與太子一爭長短，才用這種迂迴的手段。

但同時，那人既然能夠在太子房間裡設下陷阱，顯示對方的手裡至少有著一定的勢力。

以皇帝對太子的喜愛，即使發現到厭勝之術也不足以讓太子落入塵埃，因此那個人必定有後手，兩人決定將計就計，看看能否把幕後黑手釣出來。

出了這種事，太子立即祕密對太子府的下人進行了一番清洗，還找出了那個把草人藏在房間裡的侍女。可惜還未審問，那名侍女得知事敗便立即咬舌自盡，線索就此中斷。

太子府中的動作無人知曉，太子與皇帝也沒有露出絲毫破綻，彷如沒事人般繼續生活。

很快，便傳出了皇帝身體抱恙的消息。

皇帝的病情愈來愈重，性情也愈來愈暴躁。後來不知怎地，有流言傳出皇帝之所以患病，是因爲有皇子利用厭勝之術害他。皇帝得知此事後勃然大怒，立即下令搜查眾皇子的府第，一磚一瓦也不能放過。

結果，竟眞的在太子房間裡找到了不該有的東西！

太子大呼冤枉，可盛怒的皇帝卻不相信他。雖然沒有剝奪太子的儲君之位，但卻下令太子閉門思過，同時太子手上的眾多權力也被皇帝收回。

看到太子失勢，有些皇子坐不住了，開始頻頻在皇帝面前刷存在感。皇帝似乎也覺得以往太寵信太子，開始把目光投向其他兒子身上，有幾名皇子甚至藉此機會大肆攬權，而皇帝就像對太子完全失望了般，默許了他們的動作。

就在這群魔亂舞的時候，二皇子的存在就像一股清流。他不單沒有對太子落井下石，對太子依舊尊敬愛戴。對於生病的皇帝，二皇子更是親力親爲地照顧著他，皇帝在二皇子的照顧下，竟然逐漸康復。

堇青從團子口中得知皇家這些父子的動向後，不得不感慨這一個兩個的都是影帝呀！

影后大人頓時對自己的專業產生了危機感，心裡生著一股不服輸的氣，面對陸世勳的時候更是柔情似水。即使無法充分還原原主的嬌弱怯懦，至少也誓要展現出修改人設後的溫柔嫻靜！

陸世勳：「？？？」

此時傳言被皇帝厭棄的太子，卻沒有絲毫頹廢，悠然自得地在皇宮裡喝茶。而坐在他對面的人，不是皇帝陛下，還是誰？

如果現在有誰看到皇帝這精神奕奕的模樣，便會驚覺到先前他病癒後元氣大傷的模樣絕對是裝的！

自從太子在房間裡搜出草人後，他與皇帝都有了防範，果然不久後便發現一名小太監偷偷在皇帝的膳食中下毒。皇帝將計就計裝起病來，隨之太子房間裡藏著的草人也被揭發，太子失勢，那些隱藏著的牛鬼蛇神全都忍不住冒出來。

「想不到朕還未死，已經有那麼多人盯著朕的位子。」看著兒子們這段時間上竄下跳的模樣，皇帝不禁冷笑。

只是那些冒出來的皇子還不是皇帝與太子這次的目標，他們深深忌憚的，還是那個將草人藏在太子房裡的幕後之人。

想想這段時間發生的事情，從皇帝生病這樁開始環環相扣，最終找出了草人，把得寵的太子打落得關門思過、勢力被其他皇子瓜分的下場。

皇帝想到要不是太子仁孝，找到草人後並沒有挾藏著，而是把事情捅到皇帝這裡讓他有了警戒，說不定自己就著了道，現在是眞的中了毒、大病一場了，便對幕後黑手深惡痛絕，誓要把這條藏在暗處的毒蛇揪出來！

只是那個幕後黑手未免太謹愼了，那些被皇帝抓出來的人，比如藏草人的侍女、落毒的小太監，要不是立即自盡便是壓根兒不知道眞正收買他的人是誰，竟是至今也找不出那人到底是誰。

「你覺得誰是那個幕後之人？」皇帝問。

太子想了想，道：「兒臣覺得二皇弟很可疑。」

皇帝挑了挑眉：「哦？據我所知，在你出事之後，其他兄弟都各自有所行動，也只有老二站在你這邊，對你敬重依舊。」

太子解釋：「雖然一直確定不到幕後黑手的身分，可是觀那人的手段一環扣著一環，而且每次出手都在事情上出到推動的作用，顯然是個心思細密的人。相比那些衝出來爭奪權力的弟弟，我更懷疑不顯山露水的二弟。」

皇帝聞言露出欣慰的表情，他也覺得二皇子最爲可疑。看到太子與自己想到一處去，愈發欣賞這個兒子的敏銳。

太子讓自己滿意，心情愉悅的皇帝也告知他一個消息：「你不是懷疑鎮國將軍成親時，蠻族之所以能夠混入陸家，是有人與蠻族勾結所爲嗎？我讓人關注著蠻族的情況，發現蠻族近期一隊精銳潛入我國，沿途還有人接應與掩護。」

雖然早已猜到有內鬼的存在，但證實了這一點後，太子還是感到很憤怒。蠻族多年來侵害國家邊境，不知道多少家庭因爲蠻族而支離破碎，他們與蠻族有著無法化解的血海深仇。

幸好國家出了陸世勳這個戰神，才終於把蠻族打怕了，眼看邊境總算消停下來，可卻有人爲了私慾而與外族勾結。這讓憂國憂民的太子怎能不憤恨？

那個幕後黑手只會盯著龍椅看，卻不想想要是陸世勳眞的被他害死，少了能夠牽制蠻族的人，他即使坐上龍椅又能夠坐穩多久？

「竟然掩護蠻族的精銳潛入國內，那個人到底想做什麼……」太子咬牙切齒地說道，隨即靈光一閃：「難道……他是衝著秋獵而來!?」

想著近期的大事，便要數每年一度的秋獵了，秋獵時無論是皇帝還是太子都會出席，要是那人盯著皇位的話，還眞的很有可能會在秋獵時動手。

例如，把蠻族的精銳放進狩獵場，殺死場內的太子，甚至皇帝？

皇帝這幾年已沒有下場狩獵，身邊又有眾多護衛保護，要刺殺他並不容易。然而太子每一年都會參與打獵的活動，要是有內鬼把蠻族精銳放進狩獵場，要殺死太子倒不是沒可能的事情。

皇帝冷哼了聲：「宣鎮國將軍進宮，我們好好商議一下這次秋獵怎樣甕中捉鱉吧！」

▲▲▲

時間不知不覺地過去，天氣逐漸清涼，秋天悄然到來。

菫青得知皇帝等人已經準備充足，秋獵時摩拳擦掌地等待著那些混進去的蠻族精銳冒出來後一網打盡。仔細一想後覺得實在沒有自己什麼事，便老神在在地在家裡照顧著懷孕的老夫人。

現在老夫人已經懷孕足有三個月，開始顯懷。有了菫青的悉心照料，老夫人懷這胎並沒有想像中的辛苦，甚至比起懷陸世勳的時候還要輕鬆。

這個仍在老夫人肚子裡的孩子雖然是陸世勳的弟弟，但其實陸世勳與堇青會把他當兒子來養。堇青還讓團子用靈力探測了下，確定了胎兒的確是男嬰後便鬆了口氣。

並不是她重男輕女，而是這個時代只有男丁才能有繼承權。讓老夫人老蚌生珠一次都夠折騰了，要是還要再來一次也太對不住她了。

相較於陸家的平和，此時狩獵場卻是一片腥風血雨。

皇帝把守衛獵場的重任全權交給陸世勳負責，亦因爲有了那隊蠻族菁英的存在，給了陸世勳調動更多衛兵的權力。

這次的秋獵雖然明面上仍是由禁衛軍把守，可是卻有不少士兵躲在暗處，把整個獵場護得滴水不漏，任何風吹草動也逃不出這些衛兵的耳目。

在狩獵開始時，太子做出一副想要挽回聲望的模樣，揚言要親自獵到一頭猛獸讓皇帝刮目相看。說罷，便只領著一隊衛兵往森林裡闖。

作爲獵場的一大片森林全都是皇室私地，平時外圍有士兵駐守，不讓閒雜人進入的同時，也確保裡面的野獸不會跑出獵場傷人。然而那些野獸都是放養在森林裡，太子要狩獵大型野獸，就只能深入森林深處，這無疑是給了蠻族殺手一個下手的好機會。

果然太子深入森林不久，一隊身材高大、用黑布蒙面的騎兵突然殺出，分開了兩隊人馬，一左一右地逼向太子一行人，意圖將他們圍殺！

眼看自己將要被莫名其妙的人包餃子，太子不驚反喜。只見他手起刀落地殺死了其中一名蠻族，下手狠毒俐落。蠻族殺手這才發現這人根本不是太子，竟是個穿著太子衣服、容貌身材與太子相近的暗衛！

蠻族發現太子不知何時已換了人，不由得大驚，立即便知道不好了。然而當他們想要撤退，卻發現陸世勳率領著護衛已經不知不覺包圍在他們四周。假太子與這隊士兵故意闖入森林深處，就是爲了引出這些混進來的蠻族殺手！

把整隊蠻族菁英放進獵場，遠不如上次只讓幾名刺客混入陸家簡單。這次二皇子爲了殺死太子，可是動用了他手上所有關係，尾巴清理得不乾淨，早已被暗暗盯著他的暗衛找到不少證據。

現在只要解決那隊躲藏在狩獵場的蠻族，事情便可以告一段落了。

狩獵場中，展現了一場精彩的獵殺行動。只是這一次被圍殺的並不是動物，而是一隊陷入包圍的蠻族精銳！

前來圍剿這些蠻族的全都是武功高強的好手，其中以陸世勳最爲勇猛，不少蠻族正是死於他手上。

此時陸世勳身上的輕甲染滿了敵人的鮮血，劍刃映照著血紅的色澤，他就像戰神般所向披靡，悍然收割著敵人的性命。

一直從團子口中關注著狩獵場情況的堇青不由訝異。雖然她早就知道陸世勳驍勇善戰，不然也不能年紀輕輕便打了這麼多場勝仗。然而堇青還是低估了他的武力值，這簡直就是個大殺器呀！

那些被蠻族派來刺殺太子的人全都是精銳，卻在陸世勳面前變成了紙糊一般，難怪陸大將軍被百姓稱爲戰神了。

聽團子說著陸世勳的威武表現，身爲將軍夫人的堇青也覺得與有榮焉。

堇青一直不知道自己對陸世勳的這份感情算不算是愛，然而知道對方要執行這個帶有危險的任務時，她雖然明知道一切已有了萬全的準備，可是心裡卻仍然非常記掛擔憂。要是陸世勳眞的出了什麼事情，她也一定會很悲傷難過。

雖然彼此之間沒有電影劇情中那些情侶的刻骨銘心、愛得死去活來。然而堇青與陸世勳相處時感到輕鬆愉快，不見面時掛念在心，得知對方身處時擔憂著對方的安危，這便是喜歡吧？

記得陸世勳把不能生育的過錯都攬到自己身上，事後堇青曾詢問對方爲什麼要這樣做。那時陸世勳很認眞地說道：「因爲我不想妳爲難。阿堇，我心悅於妳。」

陸世勳不懂得說甜言蜜語，然而他總是做的比說的漂亮，對待堇青時滿滿都是用心與眞誠。

堇青想起陸世勳向她告白時的心悸與感動，或者，她對陸世勳的喜愛與在意比自己所以爲的更多吧？

▲▲▲

秋獵時，狩獵場竟然混入了一大隊蠻族試圖刺殺太子一事，令朝中上下震驚。

那些有份參與秋獵的人全都慶幸不已，幸好陸將軍及時把那些蠻族消滅。不然蠻族殘忍嗜殺，誰知道他們殺死太子後，會不會把同在狩獵場的他們也一併屠殺？

狩獵場的守衛竟出了這麼大的漏洞，讓那麼多蠻族混了進去實在說不過去。何況蠻族長得高大，容貌與中原人有些許差別，即使他們穿著中原的衣服理應也能夠看出差異來。

因此不要說那些蠻族能夠混進狩獵場很奇怪，單是這麼多蠻族人能進入京城已讓人感到事情的不尋常，說不定是有內應把他們放進去的。

此時二皇子雖然與別人一樣對歷劫歸來的太子表現出關心，可是他的心裡卻在嘶喊著爲什麼這個礙眼的兄長還不去死，同時心裡更生起了不祥的預兆。

怎麼這次秋獵會安排這麼多士兵守衛？

太子爲什麼會用替身？難道陸世勳早就知道有人會在狩獵場伏擊太子嗎？

他到底知道什麼？知道了多少？有沒有查到我身上!?

二皇子心裡慌亂，以致他對太子的關心有些裝不下去了，顯得有些漫不經心。在看到太子對他露出嘲諷的表情時，二皇子更是心神大亂。

直至皇帝一臉冷意地讓衛兵把他抓捕時，二皇子知道自己要完了。

當皇帝公開了這段時間搜集到的證據，眾人才知道狩獵場的蠻族人是二皇子讓人放進來的，而且陸將軍大婚那天的蠻族刺客也是二皇子安排。不只陸將軍，幾名支持太子的人相繼出事，竟也是二皇子的手筆。

如果說這是皇子爲奪嫡而做的謀劃，皇帝還能放他一條生路，那麼二皇子讓小太監在皇帝膳食中落毒，以及通敵賣國與蠻族聯手，卻是皇帝無論如何也無法饒恕的大過錯！

即使皇帝再仁厚、再念著舊情，這個兒子也是留不得了。因此皇帝直接下了狠心，下令二皇子秋後處斬，連他的家眷也沒有放過。

幸好這些年二皇子爲了保持低調與他的好名聲，家中姬妾不多，因此受到牽連的人也不算多。至少比起其他涉及此事被滿門抄斬的官員來說，二皇子府流的血算是少的了。

而二皇子那些倒楣的姬妾中，就有堇瑤。

二皇子看在相府的份上，待堇瑤並不壞。堇瑤原本對此沾沾自喜，覺得二皇子對自己是有情的，一掃被堇家放棄的悲苦，頗覺得揚眉吐氣。甚至想著待二皇子榮登大典時，她要怎樣把堇家踩在腳下，讓他們後悔捨棄她！

然而堇瑤還在二皇子府作著當皇后的美夢，抄家的官兵便來了。堇瑤頓時從二皇子的寵妾，變成了等候處斬的階下囚。

被關進牢房時堇瑤都是懵的，她不明白事情爲什麼會變成這樣。二皇子不是應該會繼承大統嗎？怎麼現在竟成了將要被處斬的重犯？

相府那邊，自然也收到了二皇子與家眷被下令秋後處斬的消息。

雖然明面上堇瑤病逝，可是堇家人都知道她實際是進了二皇子府當他的寵妾。

堇夫人一知道此事，頓時被刺激得暈倒了，即使心裡告訴自己就當沒有生過這女兒，然而情感上卻仍是難以割捨。

隨之堇夫人更是大病了一場，天天以淚洗面。

堇家父子心裡也不好受，然而他們明白二皇子的罪太大了，堇家是絕對不能摻和進去。不然不僅救不到堇瑤，還會連累家裡的人。

得知堇夫人重病，堇青便前往堇家探望：「娘親，要是妳不放心的話，我便去探望一下妹妹吧。雖然無法救她出來，但至少打點一下關係，讓她在獄中能夠過得舒坦一些。」

堇青對於屢屢陷害自己的堇瑤完全沒有絲毫情誼，之所以這麼說不是她聖母心發作，只是想要穩住堇夫人別讓她幹出傻事而已。

反正她不這麼做，堇夫人也會到獄中探望堇瑤爲她打點。要是到時候堇夫人看堇瑤過得淒慘，一時心軟想要撈她出去，豈不是要橫生枝節？

堇夫人可不知道堇青心裡有這麼多彎彎繞繞，聽堇青主動提出探望堇瑤，頓覺二女兒眞的太懂事了，便放心把這事情交給她。

當在獄中的堇瑤聽到有人探望時，她立即便想到是不是堇家的人過來看她了。正想著賣慘一下看看家人會不會心軟把她救出去，誰知道來人竟是與她素有嫌隙的堇青。

「怎麼會是妳？娘親呢!?」堇瑤彷彿看到生的希望因爲堇青的出現而粉碎，頓時怒吼著質問。

堇青柔柔弱弱地說道：「聽聞二殿下的寵妾在獄中自稱是我家已經死去的妹妹，我便過來看看了。妳就是那個寵妾嗎？」堇瑤早已是個「死人」，堇青自然不會說是來看妹妹的，藉口張口便來。

看著眼前雍容華貴的堇青，顯然嫁到陸家後過得很不錯。堇青的優雅與高潔，更襯托得堇瑤的狼狽不堪。堇瑤被對方憐憫的眼神所刺痛，開始口不擇言地叫囂：

「妳到底要了什麼手段？妳明明應該與洛天行私奔，怎會願意嫁到陸家？還有，二皇子明明能當上皇帝的，妳到底做了什麼!?」

堇瑤的呼喊聲很大，而且還擔敢誹議天家的事，立即把看守引了過來。堇青見狀，便嘆了口氣道：「原來是個瘋了的姑娘，難怪會嚷著是我死掉了的妹妹了。」說罷，堇青並沒有特意爲堇瑤打點，只做出一副想到亡妹、悲痛萬分的模樣，掉頭便走。

堇瑤看到堇青要走，頓時著急了：「喂！堇青！妳別走！快些救我出去！」見對方竟像是全然沒聽見般地繼續前進，堇瑤徹底慌了，一身氣焰就像被戳破的氣球一樣消失得無影無蹤。只見她驚慌地苦苦哀求：「堇青，算我求妳！求妳救我出去……」

可惜無論她說什麼，堇青也毫不理會，堇瑤只能在牢房中眼睜睜看著堇青頭也不回地離去。

▲▲▲

當堇青回到堇家時，便見堇家眾人都在大廳等待著她，就連生病的堇夫人也硬撐著重病的身子等著堇青回來。

看到堇夫人的模樣，堇青不禁慨嘆一番堇夫人的慈母心。可惜她眞心疼愛著的女兒，卻是個對家人滿心只有利用，必要時把家族當成墊腳石，成全她往高處的白眼狼。

見堇青竟把打通關係的銀兩帶回來，堇夫人頓時急了：「青兒，爲什麼……」

堇青嘆息道：「我沒有交代獄卒善代妹妹，因爲妹妹在牢房裡大聲叫囂著自己是堇家的女兒，還說二皇子最終會成爲皇帝，這種事情怎能亂說!?要是我還爲她打點，別人會怎樣想我們呢？」

饒是堇夫人再心疼堇瑤，希望她至少在處斬前這段日子能夠過得好一些，聽到堇青的話以後也無話可說了。

堇丞相更是讚許道：「妳做得很好，她說出這麼大逆不道的話，要是這時我們還爲她打點，傳進皇上或太子耳中，以爲我們與二皇子有什麼牽扯，就不妙了。」

堇仲衡也道：「就是，要是這樣我們還幫她，別人說不定還以爲我們對皇上有多不滿呢！堇瑤她腦子不清醒，我們也別趕著湊上去了。」

堇夫人也嘆了口氣不再說什麼。

堇青對於堇瑤的反應，以及堇家的態度早有預料，她根本就不想爲堇瑤這個多次想要害她的人打點，也幸好堇瑤是個拎不清的。都成階下囚被判處斬了竟然還如此囂張，讓堇青有藉口可以不理她死活。

難怪別人都說「反派死於話多」，這句話果然還是很有道理的！

完全熄滅堇家想要關照堇瑤的念頭後，堇青便感到體內生起一種溫暖的舒適感，她知道這是團子成功盜取了這個小世界的一絲天道之力，讓她的靈魂再次凝鍊了幾分之故。

腦海裡傳來了團子興奮的聲音：「青青，任務已經完成了。剛剛天道規則重整，我趁機把天道之力偷到手啦啦啦～」

堇青勾起了嘴角：「害陸家與堇家覆滅的堇瑤與二皇子還未死，這樣已經可以了嗎？」

團子道：「他們都已經不成氣候，所以青青妳的命運是完全改變了，青青棒棒噠！」

聽著團子熱烈的讚賞，知道離自己復生又邁進一大步，堇青的心情也變得很好：「這次我就先不回鏡靈空間了。」

現在堇青已經真心融入了陸家，從她承認了陸世勳是她伴侶的那刻起，堇青已決定任務結束後也不會立即離去，選擇留下來與陸世勳白頭偕老。

團子對此早有預料，並沒有任何異議。

這次蠻族與二皇子勾結罪證確鑿，皇上龍顏大怒。就連自己的親生兒子也難逃被處斬的命運，便更是不會放過蠻族。

天子一怒伏屍百萬，一聲令下，國家便對蠻族進行討伐，出征的人自然是攻打蠻族戰功彪炳的陸大將軍。

成親不足一年丈夫便要遠征，堇青說沒有不捨是假的。只是她並未表現出心裡的難過，而是向陸世勳鼓勵道：「世勳你只管放心去，這次一定要把可惡的蠻族打得屁滾尿流，讓他們以後都不敢來犯！」

陸世勳被堇青的話逗笑了，他素來敏銳，如果說之前堇青還故意有所遮掩，自從他們在一起以後，很多時候堇青都不再掩飾她的眞性情了。

其實陸世勳並不在意堇青到底是怎樣的性格，無論是強勢的她，還是溫柔嫻靜的她，都是源自於同一個堅強的靈魂，陸世勳同樣是如此地喜愛。

陸世勳不知道堇青爲什麼總是一副柔情似水的模樣示人，只是他觀察過後，發現妻子這樣做並未有一絲勉強，甚至還樂在其中，他便不對此發表任何意見，默認堇青小小的惡趣味了。

對於堇青對他的信任，陸世勳顯然很受用。把妻子抱進懷裡，陸世勳輕笑道：

「遵命，我的夫人。」

▲▲▲

陸世勳履行了他的承諾，這一仗把蠻族打得哭爹喊娘，不單狠狠地出了一口惡氣，也爲國家取得了極大的利益。

蠻族這次是眞的怕了，也確確實實地元氣大傷，只怕往後一段漫長的日子，他們都要在休養生息中度過了。

這次陸世勳大勝歸來，被賞封爲鎭國公，堇青直接成了鎭國公夫人。一時之間前來賀喜的人絡繹不絕。不少從未見過面的遠親一下子便冒了出來，想要與鎭國公府這國內的新貴好好拉關係。

可惜堇青這位新晉的鎭國公夫人看起來柔柔弱弱，但其實手段高明，把那些居心不良的人耍得團團轉。後來更以婆母快要生產，須要安心爲其養胎爲由拒而不見。

這倒不完全是藉口，臨近陸老夫人臨盆的日子，陸家的氣氛便愈來愈緊張。堇青更是與老夫人形影不離，以便對方有什麼事情時她可以立即幫上忙。

終於，陸老夫人作動了，生出一個大胖娃，母子平安。

孩子出生後，陸世勳立即便請了世子，鎮國公府總算有了一個繼承人。

因爲新生命誕生而充滿喜悅的同時，陸老夫人心裡也很內疚。心想自家兒子不行，連累堇青連自己的親生孩子也沒有，以後一定要對兒媳更好才行。

堇青也很內疚，心想無法生的人其實是我，還害得老夫人爲了他們多生一個孩子，眞是太辛苦了！她以後一定要對婆婆更好才行。

雙方心裡各自懷著的想法都想好好補償對方，結果便是陸家的婆媳關係極其和諧，讓不少受著婆母折磨的婦人萬分羨慕。

更別提被堇青治好了腿患的老將軍，逢人便大讚自家兒媳孝順又懂事。陸家兩老簡直就把兒媳當寶一樣，要是誰說一聲堇青不好，他們便與誰急，護犢子得讓人哭笑不得。

但最讓人羨慕的，還是陸世勳與堇青的感情。即使堇青多年來無所出，可陸世勳卻依舊對她一如以往般地愛護。只要堇青在他身邊，陸世勳冷淡的氣息便有了溫度，眼中眞切的情誼讓人感動。

▲▲▲

堇青留在這個小世界中生活，直至陸世勳百年歸老，她看著對方永遠閉上雙目後，這才回到了鏡靈空間。

在小世界中過了一輩子，這一生她過得很富足幸福。

堇青很感謝命運讓她與陸世勳相遇，即使對方也許只是個小說或電影中的角色，然而這個男人卻用著一生去愛她。

陸世勳對她眞的很好，好得堇青只要想到陸世勳這個人，心裡便是滿滿的溫馨與愛意。

雖然分離讓人不捨，但堇青從未後悔愛上對方，人生中能夠擁有一段如此美滿的感情，夫復何求呢？

鏡靈空間幻化成一片深海，堇青閉上雙目任由自己在海洋中漂蕩。冰涼的海水彷彿能夠洗滌心靈，讓人感到寧靜祥和。

良久，少女睜開了眼睛，看向長著綿羊角、擺動著魚尾巴，像條小美人魚圍著自己繞圈子游動的團子，微笑道：「團子，我已經準備好，去下一個世界吧！」

《炮灰要向上01》完

後記

大家好~很高興與各位在新系列見面！

其實想寫快穿文已經很久了，只是因爲所涉及的世界背景比較多，因此這系列的構思花費了不少時間。主角每一集會穿越到不同的小世界，不知道當中哪個故事將會是大家最喜歡的呢？

這次的主角堇青是個年輕卻受到不少苦難的人，因爲身爲女性這「原罪」而得不到重男輕女的家人的喜愛，從小被父母視作賺錢的搖錢樹。

因此堇青心性非常堅定，在娛樂圈中打拚多年的她亦看盡人生百態。她對人感情比較淡漠，看起來很容易相處，但其實對任何人都保持著很強警戒心，別人很難眞正走進她的內心。畢竟有血緣關係的親生父母都不把她當人看，又怎能讓她輕易相信愛呢？

這種比較強勢的美艷型主角是我第一次嘗試的類型，寫起來卻意外地喜歡。

期待著接下來主角繼續穿越打臉，也希望從主角改變命運的故事中，給予大家滿滿的正能量。

▲▲▲

最近家裡的倉鼠「點點」病了，確診為心臟病。進入醫院時情況很差，所幸住了三天加護病房後總算能夠脫離氧氣箱，可以跟我回家了！

由於倉鼠的心臟病以現今醫療是無法治癒的，因此現在都以為牠維持生活素質為主。

須要每天餵點點吃心臟藥與去水藥，因為點點是我養的第一隻倉鼠，先前我從未有替倉鼠餵藥的經驗。我原本很擔心這是個艱難的任務，然而點點真的超級乖巧。雖然一開始有些抗拒，但仍是用小手握住針筒乖乖地將藥吃了。後來更進展到

像個大爺般躺著吃藥XD

查看過一些相關資料，倉鼠心臟病發後一般都活不久，基本不會超過三個月。我也不執著於牠要活得有多長，只希望點點一生能快快樂樂，即使生病也不要太辛苦就好。

下一集又是一個新的故事背景了，快穿文的其中一個樂趣，便是每一篇都像看新故事一樣。

到底下集堇青會來到一個怎樣的世界？變成怎樣的身分？能不能成功改變原主的命運呢？

敬請大家期待囉~各位親愛的，我們下集再見！

香草

炮灰
要向上

炮灰要向上

【下集預告】

這次的穿越開局眞不錯！
堇青搖身一變成了魔法大陸的大祭司。
不過有一好，通常就沒有兩好，
這小千世界也有其他穿越者，更處處針對堇青。
娛樂圈打滾久了，姊可不是好欺負的，
且看堇青如何帶領小伙伴霸氣打怪滅魔，
撕破對方那張僞善的面具！

vol.2〈穿越變成大祭司〉 2018 秋，敬請期待！

國家圖書館出版品預行編目資料

炮灰要向上／香草 著.
——初版. ——台北市：魔豆文化出版：蓋亞文化發行，2018.08
面； 公分.（Fresh；FS157）
ISBN 978-986-96626-0-4（平裝）
857.7 107010430

FS157

炮灰要向上 vol.1

作　　者　香草
插　　畫　天藍
封面設計　克里斯
責任編輯　劉瑄　主編　黃致雲
總 編 輯　沈育如
發 行 人　陳常智
出 版 社　魔豆文化有限公司
發　　行　蓋亞文化有限公司
地址：台北市103赤峰街41巷7號1樓
電話：02-2558-5438　　傳真：02-2558-5439
電子信箱：gaea@gaeabooks.com.tw
投稿信箱：editor@gaeabooks.com.tw
郵撥帳號 19769541　戶名：蓋亞文化有限公司
法律顧問　宇達經貿法律事務所
總 經 銷　聯合發行股份有限公司
地址：新北市新店區寶橋路二三五巷六弄六號二樓
電話：02-2917-8022　　傳真：02-2915-6275
港澳地區　一代匯集
地址：九龍旺角塘尾道64號龍駒企業大廈10樓B&D室
電話：+852-2783-8102　　傳真：+852-2396-0050
初版一刷　2018年8月
定　　價　新台幣 199 元
Published and printed in Taiwan

ISBN 978-986-96626-0-4
著作權所有・翻印必究
本書如有裝訂錯誤或破損缺頁請寄回更換

魔豆

魔豆